故土钩沉

GUTU GOUCHEN

赖亦康 ◉ 著

漓江出版社

图书在版编目（CIP）数据

故土钩沉 / 赖亦康著 . -- 桂林：漓江出版社，2020.5（2022.6重印）
ISBN 978-7-5407-8869-8

Ⅰ. ①故… Ⅱ. ①赖… Ⅲ. ①散文—中国—当代
Ⅳ. ①I247.5

中国版本图书馆CIP数据核字（2020）第050499号

故土钩沉
GUTU GOUCHEN

作　　者　赖亦康

出 版 人　刘迪才
策划编辑　欧华鹏　包先芳
责任编辑　欧华鹏
助理编辑　郭怡冰　兰　超　李莹月
装帧设计　谭惠方
插　　画　李小雨

出版发行　漓江出版社有限公司
社　　址　广西桂林市南环路22号
邮　　编　541002
发行电话　0771-5824817　　0773-2583322
传　　真　010-85890870-814　0773-2582200
邮购热线　0771-5824817
电子信箱　ljcbs@163.com
微信公众号　lijiangpress

印　　制　河北浩润印刷有限公司
开　　本　787 mm × 1092 mm　1/32
印　　张　6
字　　数　130千
版　　次　2020年5月第1版
印　　次　2022年6月第2次印刷
书　　号　ISBN 978-7-5407-8869-8
定　　价　45.00元

回到故乡　回到生命

——读赖亦康作品《故土钩沉》

徐　峙

赖亦康是首届鲁迅文学院自然资源作家班的学员。他曾说，如果不是有了参加作家班这个机缘，或许他就不会再创作了。在一次作家班课堂上，作家刘亮程讲到他在辞去上一份工作后，孤身一人在乌鲁木齐打工的故事。在某一天的黄昏时分，他走在路上突然回头，看见了夕阳从城市上空落下，那边正是他家乡的方向，那漫天的晚霞，一定把家乡所有的草木和晚归的人们染得一片金黄。于是他就动笔写了自己的家乡。听到这些，离开村子多年的赖亦康，瞬间被唤醒了写作的激情，他说："刘老师可以写他的家乡，我也可以写我的村子。那是我最熟悉的村子，那里有我最亲的人。"就这样，一颗写作的种子在他心里生根了。随着生活阅历和生活情感的丰富，这颗种子不断地吸收阳光和雨露，在生命深处萌芽并生长起来。他一篇一篇地写，于是有了这本《故土钩沉》。

《故土钩沉》是一次精神的返乡之旅，是作者在离乡多年之后，在他乡对故乡的回望。在这段回望中，如何把那些散落在各个角落的久远记忆连缀起来，串成一串熠熠夺目的珍珠？赖亦康选取了"人"这条线索：辛苦挑柴换钱的"八姐"，被火烧伤后捡回一条命

又逆袭成为老板的“勇哥”，为了生计远离故土去挖煤矿的“三十二叔”，因为农民身份被嫌弃而选择回到村子度过余生的“善哥”，心心念念要走出农村嫁个有钱人的“英姐”，梦想成为校园教师却阴差阳错成为培训机构老板的“虎哥”……他通过一个个鲜活的乡村人物，让故乡熟悉的乡音、古朴的老屋、袅袅的炊烟，嬉戏的村童……一点点地复活在纸上，故乡的模样也在其中逐渐清晰起来。这就是故乡，作者魂牵梦萦却再也回不去的故乡。对他来说，肉体已经远去，但自己的灵魂却从未离开，无论身在何处，故乡永远是他人生中最温暖的底色。在那些充满了温情的文字中，作者回顾了他的故乡，也回报了他的故乡。

让我更为惊喜的是，赖亦康对乡村的描写并没有停留在回忆的层面，而是回到生命的原点重新审视生命，展示人的命运与生活、环境、时代的关系，因而作品中充满了强烈的命运感。那一个个平凡而弱小的乡村人物，他们是勤劳的、淳朴的，也是善良的，在历史的洪流中他们毫不起眼，但他们挣扎着、奋斗着，活出了各自的生命姿态。他们很多人为了理想，也为了生活，选择离开熟悉的乡村来到陌生的城市打拼。多年后，他们中有的人又决定离开城市，回到曾经出发的地方。可是，此时的乡村已经变了模样，他们只能在回忆中寻找心中最美的故乡。他们每一个人都是典型的、独一无二的，在他们身上体现了生活本真的色彩，他们平凡的生活轨迹和点滴善举，再现了天地间的大美精神。从他们的身上，我们能清晰地看到中国历史转折的痕迹。

赖亦康为人内敛低调又心细如发，朴实无华又意志坚定。他讲起故事来，有声有色。我想，这大概得益于他日积月累的观察和思考吧。每次见面，他都会和我聊一些关于故乡的故事，聊村里那些人的生命传奇。他的语速不快，有时候会停下来，陷入沉思。“文如其人”，赖亦康的文字也和他的性格一般，在朴实而缜密的叙事中写尽人世的沧桑。那些来自生活的厚积薄发，那些体察入微的细节描写，以及那种对人性的深刻把握，都使得这本看似平淡的书充满了隽永之美，如秋天原野上迎风摇曳的庄稼，丰盈而多姿。

徐峙，中国自然资源作家协会副主席，《中国校园文学》主编。

卷 乡土情

逐梦风华

远村淡影

眷乡土情

| 梁家一公

鸦鹊塘村三面环水，一面环山，缓缓流淌的水清澈柔美，连绵起伏的山青翠伟岸。这一方山水养育着我们，多少回魂牵梦萦的画面都是它的每一寸土地，每一座山丘，每一方藕塘，每一个亲人的笑靥……

在村中，赖姓是第一大姓，梁姓是第二大姓。在鸦鹊塘村最德高望重的莫过于梁家一公。他是家族爷爷辈中年龄最大的，同时也是家族的嫡长子。家族中所有人都敬他、怕他。我虽不姓梁，可是在我年幼时，我们小孩子没有一个不怕他的。因为他严厉，更因为他是唯一一个可以教训小孩，而小孩的父母还会感谢他的人。

我对于一公开始有印象，是在6岁那年。记忆中，他70多岁，圆脸，额前秃头，长着络腮胡子，胡子白了，不苟言笑。每天，当父辈们外出劳作后，一公就会坐在家族上厅大院门口的青石凳上休息，一直坐到中午父辈们劳作回来。吃过午饭后，一公又准时出现在青石凳上，一直到傍晚。在春夏之季，他都会拿一把半旧的大蒲扇，若无其事地轻摇着，目光四处散落。到了秋冬时节，他会生上火炉，烤着火，半眯着眼。有时候远远看去，他好像是睡着了，走近一看，他那双眼睛其实正看着来人哩。每天一公总是那么准时地坐到青石凳上，就好像是父辈们出门劳作那样准时。父辈们外出或归来，都要恭恭敬敬地叫他一声："一公好。"而他也只是轻轻点头，继续看着不远处的藕塘和更远的田野。

父辈们总会要求我们这些孩子要懂礼貌，要恭敬地向一公问好，而我每次总是敷衍地喊一声，为此我也没少被母亲责怪。其实并不是我不懂礼貌，而是因为我怕一公。我们很多小孩都怕他，因为我们都见识过或是领教过他的"敲鸡蛋"绝技。当我们犯错误时，一公不像父辈那样是用打屁股的方式教训我们，而是将右手五指并拢，半握拳头，然后用手指关节敲在我们额头上。不一会儿，我们额头上被敲的地方就会肿起，像长出了一个小鸡蛋。对于一公这一“独门绝技”，我们叫作“敲鸡蛋”。

我第一次被一公“敲鸡蛋”是在7岁那年。有一天中午放学，我来到了每天的必经之处——藕塘。中午的阳光把藕塘照得明晃晃的，鱼儿不时浮出水面，这情景深深地吸引着我。我拿着一根一米多长的竹子，趴在藕塘边上，翻搅那些浮出水面的鱼儿，想把它们赶回水里去。水珠溅起，在阳光下像一颗颗珍珠，它们调皮地钻透我的衣服，钻进我的衣领，冰冰凉凉，舒服极了，我感到无比的欢快。玩累了，我丢掉竹子，背起书包，蹦蹦跳跳地回家。刚走到上厅大院门口，一公就怒气冲冲地走了过来，他一言不发，直接举起手，狠狠地在我的额头上敲出两个“鸡蛋”，疼得我哇哇大哭。然后一公就转身走回石凳上坐下，像什么事都没发生过似的，继续往藕塘方向张望。我一路哭着小跑回家，把自己被一公打的事告诉了母亲。没想到母亲听完我的哭诉，却没有半点心疼，反而责备说：“谁让你玩水？！一公打得好，我还得感谢一公帮我教训你。”听到母亲这么说，我停止了哭泣。从此以后，我再也不敢一个人在藕塘边玩水。后来，我又亲眼看见几个堂兄弟因为独自在藕塘边玩水而被一公“敲鸡蛋”，就更不敢靠近藕塘了。然而，对于一公“敲鸡蛋”的事，不是每一个大人都像我母亲那样的态度，比如我的八婶娘。

八婶娘是从县城嫁到我们村的，她长得漂亮，上过中专，在我

所有的伯母婶娘中，她的文化程度最高。村里人都说八叔好福气，娶了个漂亮又有文化的城里人做老婆。从我记事开始，八婶娘的为人处世和其他人就不一样。她是第一个敢和一公顶嘴的女人。那天，八婶娘的儿子严弟在藕塘边玩，也被一公“敲鸡蛋”，之后他跑回家哭诉。八婶娘看着严弟额头上高高肿起的“鸡蛋”，便带着严弟向一公兴师问罪，她问一公怎么下手这么狠，万一把孩子打傻了怎么办，还说自己的孩子自己会教，不用别人假装好心。她一边说一边拿着一扎稻草抽打严弟，严弟又哇哇地哭了起来。我看到一公气得满脸通红，胡子都快翘起来了，但他还是一言不发，转身走回石凳坐下。其他围观的长辈纷纷指责八婶娘不该对一公如此不敬，之后他们也一一散去，而我看着八婶娘手中的稻草，想起母亲抽打我的竹鞭，不禁感慨严弟比我幸运。

后来，严弟又在藕塘边玩了两次水，一公依旧毫不留情地给严弟“敲鸡蛋”，八婶娘又以同样的方式向一公兴师问罪。在严弟第三次被打的时候，他没有哇哇地哭，我看到他脸上露出了一丝胜利的喜悦。从此，严弟成了我们堂兄弟中唯一不怕一公的孩子。我们都很羡慕他，这种羡慕一直延续到我上小学三年级那年的一个夏天中午。

那天午饭后，母亲与往日一样逼着我去睡午觉。暑气逼人，知了在树枝上叫个不停。迷迷糊糊中，院子外传来一阵阵撕心裂肺的哭喊声，紧接着是一阵阵嘈杂声。我被吵得完全清醒了，听到父亲跑回家对母亲说：“出事了，八弟家的二小子掉进藕塘里了。”说完，他们都跑了出去。我一个“鲤鱼打挺”坐了起来，然后跳下床，紧跟着走出门。到了藕塘边，我看到那里站着很多人。严弟肚子鼓鼓的，浑身湿漉漉地趴在一头黄牛的背上昏迷不醒，十四叔正牵着黄牛来回走着，有很多水不停地从严弟的嘴里流出来。八叔号啕大哭，他双手握拳不停地捶着地，手上都流出了血。二伯则在旁边抱着八叔不停地安抚他。八婶娘在地上滚来滚去，哭得死去活来，我的母亲和几个婶娘不知所措地安慰着她。大家都面带忧伤，看着黄牛背上的严弟，期待他能苏醒过来。正在这时，一公蹒跚着向人群走来，他看到眼前的情景，脸色惨白，身体不停地颤抖着。过了一会儿，一公便走过去，把严弟从牛背上抱到平地，然后向严弟嘴里大口大口地吹气。

八婶娘看到后，停止了哭喊，眼睛恶狠狠地盯着一公骂道："你肯定看到孩子掉进藕塘了，你为什么不说？你肯定是故意的，故意的！"八婶娘骂得歇斯底里。一公没有理会，依旧不停地向严弟嘴里吹气。

所幸村里卫生所的医生很快赶到，他们把严弟从一公的手上接过来继续抢救，奇迹终于发生了，严弟被抢救了过来……

后来，我问奶奶，为什么一公老是坐在石凳上，奶奶看着远处，慢慢说道："三十年前一公的小儿子掉进藕塘，被淹死了。从那以后，一公就天天坐在门口的石凳上看着藕塘，生怕有贪玩的小孩掉下去，他这一坐就是三十多年啊。"

1994年的冬天，一场冷雨后，梁家一公走了。直到去世，一公手里还拿着一把小木枪，那是他的小儿子留下的。大家都明白了一公的牵挂。两个月后，村民把藕塘填平了。

我们慢慢地长大，也慢慢明白了一公当年的良苦用心。如今很多村民离开了家乡，走向了不同的远方。年前我回去的时候，看见大院门前的石凳不见了，取而代之的是几棵新种的桃树，那桃树正孕育着花蕊，在那儿等着春，等着夏，等着归来的人。

阿公与水库

我没见过阿公，连父亲对他的记忆也是零碎的。

二伯说，阿公生于20世纪20年代初，他能划船，能游泳，能走很长的路，可就是懒；他喜欢交朋友，可都不是正经朋友。阿公肩宽背厚，鼻子尖挺，嘴巴向前凸起。村里的老人都说，阿公的面相属于“会吃不会做”的类型。

父亲说：“你阿公的拿手本事就是做腊肉。不过那个年代没有那么多猪肉可以用来腌制。”

“那用什么？”

“田鼠！”

听父亲这么说，我感到一阵恶心。

“没办法，那个年代，缺衣少食，何况是猪肉。”父亲无奈地说道。

我听父亲说，那时候每年12月，阿公就会带上一个水桶，悄悄避开正在劳作的人群，自己到后山找田鼠洞。他先看洞口，觉得洞里有田鼠就往洞里灌水，这样不用半天工夫就能捕到几只田鼠。回家后阿公就把田鼠杀好，剥皮，然后放在天井里风干。南方的冬天既刮北风又出太阳，最适合做腊肉，北风吹，太阳晒，肉质干爽

紧致，肉味也会醇正甘香。

阿公经常说：“如果这些腊肉是猪肉就好了。”

阿公的手艺传到父亲这里之后，父亲做了改良。父亲对我说：“选择合适的天气做腊肉很重要，但‘腌肉’这个步骤也很关键。首先要用好酒，其次要用好酱油，腌制的过程中放盐要适量。”父亲爱用米酒腌肉，说来也奇怪，只需洒上少许米酒，所腌之肉就会散发出特别的香味，再经晾晒后，这种香味就会变成一种醇厚绵长的腊味香。把这个腊肉和着萝卜皮一炒，一家人吃起来都美滋滋的。

要说阿公的故事，就不得不说阿公与村里水库结下的不解之缘。

当时政府选择在灵山县佛子镇的大张垌、元眼山村之间修建水库，并在下游的地方筑起大坝。

大坝的上游，是六万大山的余脉东山和罗阳山。在灵山，流传着一句话：“大不过东山，高不过罗阳。”山脉呈东北—西南走向。有大山就有水，在大山的滋养下，水在东山和罗阳山之间缓缓流淌，之后与平山江、清水江汇合。江水清澈见底，江中浅湾处的鱼儿全都可以看得清清楚楚。江的两侧是山坡，山中栽种着凤尾竹。

大坝修建后，以前的平山江就绕村而过，原来的村子则在水库蓄水后渐渐被淹没了。

阿公的生活与水库紧紧联系在一起。1957年，阿公在赶牛时，遇到几个陌生人，他们背着一些仪器，说的也不是灵山话，好像是迷路了。对方遇到阿公，就问元眼山怎么走，阿公边指边说：“往那儿走，过两个山头就到了。”对方又问：“老乡，能否帮忙带路？”

阿公心想元眼山离这儿没多远，就给那几个陌生人带路了。阿公回家后还对阿奶说，这些人看起来像“秀才”，粤剧里的白面书生。

却不曾想，这几个人的到来给咱们村子带来了巨大的改变。

1958年夏天，生产队队长找到阿公，劈头盖脸地给了他一顿训：“你给我修水库去！谁让生产队出工时，你不好好出力，大家对你都有很大意见！”阿公也无所谓，他心想，去就去，又不是头一回。村里要做苦力活儿的时候，哪回不是叫他去？阿奶知道后也嚷着说：“你这死鬼，赶紧去吧！”

一个天蒙蒙亮的早晨，阿公穿着草鞋，拿上扁担，就往修建水库的方向走。他路过六湖水村，遇到了几位村民，一位村民长着一脸络腮胡，手臂特别粗壮。络腮胡看见阿公，扯开嗓子喊：“听说你出工都不出力，就你也去修筑大坝？你应该是去挑柴煮饭的吧。”他说完便哈哈大笑。

阿公听后，回应了一句：“到时你就知道我的厉害了。”这下，阿公和那个络腮胡算是结下了梁子。

阿公来到修建水库的现场。老远，他就看到围墙上面写满了建设水库的标语，旁边的竹竿上还挂着一面五星红旗。一位领导正在发言：“今天，在大家的共同努力下，我们终于盼来了修建水库的重要时刻。今天我们在这里修建水库，就是为大家造福，为大家创造更好的水田灌溉条件。”此时，有人坐在地上编着竹筐和簸箕，对领导说的话不当回事。

领导发言之后，一场没有硝烟的战斗开始了。

我们现在无法体会当年修水库的苦，因为现在我们有水泥罐

车、有压路机、钩机、铲车，有各种设备，可那时修建水库，什么都没有，就是靠肩挑、靠背扛、靠人海战术。

修水库的工人们住得很随意。他们就在地上垫上砖头，上面放一些木板，再铺上一层稻草，便直接倒头大睡。村子派来的人惊讶道：“这不是和睡在家里的牛圈差不多吗？”阿公也不应声，他觉得无所谓，毕竟家里的黄泥房子也强不到哪去，就这样对付过去吧。这时村里来的另一个人喊道：“咱们村来修水库的人就几个，你们可不能给村里人丢脸。”

阿公不想与他们多说，躺下就睡了。

第二天，鸦鹊塘村和六湖水村的村民被分配到挑石头的任务。大坝需要石头，技术人员要把雷管塞进石头缝中爆破，然后就让其他工人挑走小的石块，大的则进行解体。阿公没有这种技术，只能负责挑石头。阿公是个懒人，说他懒，他也干活，但他的节奏很慢，每天就慢慢磨。在村里，一个女人都把一块田的稻谷收割完了，他还没有收完一半，气得队长指着他鼻子大骂：“不成器的东西，干不了就少在这里丢人现眼！”挑石头，他也一样，晃晃悠悠，一个来回二十分钟，用时比别人足足多了一倍。

晚饭时分，六湖水村那个络腮胡对阿公说：“我看你少在这里浪费时间了，你让你们村再派十个人来，才能跟上咱们六湖水村人的进度。”他说完哈哈大笑，还走上前，用肩膀顶了顶阿公。

阿公恼了，他心想：这屎都拉在自己头上了，肯定要出手“回敬”对方呀。

阿公怒道：“轮不到你来笑我！”他骂完就一拳头挥了过去。络腮胡不甘示弱，赶紧还手，两人就这样扭打在一块儿。络腮胡年轻，气力足，个子占优势。阿公虽年长几岁，但他是赌徒心性，打起来不要命。他捡起石头，就要往对方脑袋砸。六湖水村人一看事态不妙，赶紧拉住阿公，转眼间两人的打斗就变成两村人的“战争”了，打架的人数由两个人发展成十来个人。好在大队干部来得及时，他一声令下，才把打架的双方分开。

大队干部狠狠地说：“我不管你们有啥恩怨，在这里，都得听我的，如果还有下次，我让你们滚蛋。我看呀，你们既然还有这么多力气没处使，那我就给你们两个村安排个比赛吧。”

听完这话，同村的一位村民对阿公说：“大哥，咱们在这里是代表村里，必须把这帮人比下去。”

“行啊，我现在先忍下这口气，比赛时再收拾他们。”阿公一口答应下来。他也觉得自己在村里糊弄糊弄还可以，但在外面可不行。

第二天天刚刚亮，大队干部对两个村的人说：“我们等会儿就在这个地方比赛。每人十担土，每个村8个人，花的时间少的一方获胜。”

阿公一听，咬咬牙，就和村里的人商量怎么应战：“一定要想办法赢得比赛，要知道他们是‘山大无柴’，咱不怕他们。”阿公对村里人说。

用完早饭，两个村的人就齐聚在大坝脚下。阿公看到络腮胡站在最后，他便要求自己也站在最后，和那个家伙一决高下。

哨声一响，鸦鹊塘村的队员如猛虎下山，五步并作三步往前

跑，这场面气势如虹。六湖水村第一个出场的队员也不含糊，他挑起担子就往前冲。

现场的加油声此起彼伏。大队干部点上一支烟，脸上洋洋得意，他说："这些人真是有力气没好好使。"

阿公也被这场面感染了，他心想：我在村里是懒人，可在这里，我代表的是咱们村，我必须拼尽全力，把他们比下去，让他们知道我也不是好惹的。

眼看两边队伍第一个队员的十担土就要挑完了，双方旗鼓相当，第二个队员也马上要出发。不料，鸦鹊塘村的队员才刚挑下2担，就崴了脚，阿公骂了一句："没用的东西。"他赶紧招呼换上另一个队员，可他们已经跟对手差了好几十米。换上的人深吸一口气，憋着劲追了过去。第二个队员下场时，鸦鹊塘村已经追上了对方许多，距离越来越近了。随后，第三个队员也赶紧出发，接着又到第四个……

准备到阿公了，阿公和络腮胡对视了一眼，两人眼神都"杀气腾腾"。新一轮比试开始了，眼看着络腮胡先出发，阿公着急地催促本村队员："快点儿，快点儿，等会儿踢你屁股了。"这名队员回来后，阿公立即冲上去。旁边人说笑道："有好戏看了，这两个人干上了，我看腿长的肯定赢。"

阿公腿短，络腮胡腿长。

阿公应了一句："你们懂个屁！你们看他腿毛都没有，待会儿他就腿软了。"众人哈哈大笑。

络腮胡挑到第五担土的时候，就已经大汗淋漓，热得受不了，他把衣服扯开，想透透气，步伐也随之慢了下来。阿公冷笑道："腿软了吧。"说完他加快了速度。

挑到第八担土时，络腮胡速度更慢了，他咬了咬牙，想往大坝上冲，却突然眼前一黑，倒了下来。六湖水村人一看，赶紧把络腮胡抬过来，掐他的人中，然后又换上其他人。阿公顺势加快速度，一口气走上了大坝。

大队干部开始核算比赛结果，最后他宣布，鸦鹊塘村生产队获胜，之后他又补充了一句："奖励鸦鹊塘村生产队猪肉1斤。"

顿时，鸦鹊塘村的队员发出一阵欢呼。

阿公兴奋地说："总算出了这口气，爽！"

大队干部表扬阿公带领村民取得了胜利，他说："希望你再接再厉，和村子的人一起做出新贡献。"

阿公点点头说："我这口气出了，就可以好好干活了。"就这样，阿公和上千名水库建设者一起战天斗地。大家奋战三年后，水库的主体工程基本完成。

水库开始蓄水后，江水日益上涨，眼看着房子、牛栏、菜园就要被淹了，江边坡地上先人的祖坟也将不保，阿公难过极了。

"哎，我怎么对得起老祖宗啊！"阿公悲从中来。

阿公想给祖宗迁坟，可迁坟是件大事，不可随意为之；但是不迁的话，以后这里都是滔滔江水，想看他们都来不了。阿公打定主意，要把祖坟往高处迁，在高高的狮子岭山上有的是地方！

过了半年，村里有人陆续背着锅碗瓢盆往高处搬家。阿公不急，他说："我要先把祖宗伺候好了再搬，只有让他们睡舒服了，

我们才能得到祖宗保佑。”他还选择黄道吉日，与我父亲一起操持了迁坟的事情。

谁料一切尘埃落定后，阿公却一病不起，驾鹤西去。

后来我们家族的人也拿上镰刀、锄头，背着水缸、米缸，以及其他家当开始搬家。回望那已被淹没的祖屋，那里的生活，已经成为记忆；远眺高处，那摇曳着一大片杂草的山腰，就是我们新的村子，我们新的生活也将开启。

| 虎　妈

虎妈，是梁家虎哥的母亲。

虎哥6岁那年，第一次去外婆家，他听到虎妈说："难得回一次娘家，要住上几天。"虎哥感到不安，担心母亲不再是"自己家"的，便哭着闹着要回去，生怕虎妈被抢走。

虎哥的外婆一共生了六个女儿，虎妈在家里排行老三。在那个物质匮乏的年代，一对农村夫妇要养活六个孩子，艰难程度可想而知。虎妈从小就营养不良，身高只有1.48米，她瘦弱，小脸，留着短发，可她的小眼睛却显得特别明亮。虎妈小时候喜欢扎着两根小辫子，辫子上插着两朵山上采来的小花，身上穿着有许多补丁的土布短衫和长裤，脚上穿双破旧的解放鞋。如今，虎妈上了年纪，更显瘦弱，她脸上长了皱纹，皱纹里藏着灶台的灰和黄泥路的尘，她的短发已经花白，但那双小眼睛依然透着亮。

虎妈在25岁那年，嫁给了一个33岁的男人。这个男人长得白净，一双大眼在粗眉下炯炯有神，他身板结实，臂膀有力，走起路来虎虎生风。这个男人就是虎爸。

虎爸之所以这么晚结婚，是因为他是地主的儿子。在那个年代，没有人愿意给他做媒，也没有人有勇气嫁给他。直到1979年，

改革开放的春风吹遍村村户户，家庭成分对婚姻的影响不再，虎爸虎妈才在媒人的介绍下相识，并最终走到了一起。

虎爸后来回忆说，那天他骑着借来的28寸自行车，买了两斤猪肉、两斤米酒、两个暖水瓶，到了虎妈家。虎爸与虎妈一家人吃完肉，喝完酒，然后他放下暖水瓶，就把虎妈接回家了。没有八抬大轿，没有高头大马，更没有高朋满座，这个身材纤瘦的女人就来到了梁家，后来又把虎哥带到了这个世界。

虎哥的出生给这个家带来了快乐，但也带来了不少的烦恼。虎哥方脸，大嘴，长得结实，小手小腿特别有力，打起人来可疼了。

虎哥小学四年级的时候，就有邻居隔三岔五来告状，说这小子用弹弓把谁谁家的窗玻璃打碎了；用砖头把谁谁家的屋顶砸出窟窿了；到菜地里捉虫子把谁谁家种的菜踩倒一大片……虎妈为此向邻居赔了不少笑脸。

有一次，虎哥和七婶的儿子打架，是对方先出的手，结果却是虎哥把对方打出了鼻血。七婶拉着儿子上门告状，正好虎哥刚从外面玩回来，虎妈一听，气不打一处来，拿着竹鞭就要打虎哥。虎哥一见情况不妙，扭头便跑。虎妈一直追了1公里，累得气喘吁吁，眼见追不上了，才默默转身回家。虎哥看着母亲的背影，洋洋得意。虎哥傍晚才回家，一进门，虎妈就从厨房出来，一把抓住了他。虎哥来不及跑，只觉得自己的屁股上、小腿上火辣辣一片，他只好不停向虎妈认错求饶。虎妈边打边吼着：“让你不学好，长大了那还了得……”眼见母亲没有停手的意思，虎哥不哭不闹，笔直站住忍着痛说：“打吧，打吧，反正我长的是‘铁腿’。”虎妈一听，手上的竹鞭停在了空中，她随即落下泪来，说："什么时候你才能让我省心？"说完，便转身进里屋去了。自此以后，每次虎哥犯错，虎妈都不再拿鞭子追打，而是等虎哥回家后再教训他。随着被打次数的增多，虎哥也慢慢变得安分起来。虎哥一直觉得是因为自己跑得快，母亲才追赶不上。直到大学毕业那年，他和母亲谈及种种往事，母亲才告诉他："不是我追不上，而是觉得满村子追着你打，有失你的体面，毕竟你是个大男孩了。"听母亲说完，虎哥内心充满了感激，泪水不争气地在眼眶里打转。

母亲的竹鞭陪伴着虎哥成长，直到他10岁那年，竹鞭才不再落到虎哥的身上。

那一年，木质家具在镇子上非常畅销，虎爸花光家里积蓄购买了一船木材，准备亲自做一批家具拿去卖。可是天不遂人愿，连日的暴雨，加上刮起的大风，导致那艘满载木材的船沉没了。待发现时，大部分木材已被洪水冲走，虎爸为此亏了不少钱，还欠了不少债，这下他们家的日子就过得非常艰难。屋漏偏逢连夜雨，那年的六月，多场暴雨引发了山洪，虎哥家里即将收割的稻谷又被洪水淹没了很多，没了收成，生活就更加窘迫。去年的陈谷快吃完了，新谷仅有两成的收成，这样一来，进入八月，虎哥家便断粮了。

于是，虎爸只好到镇上打零工贴补家用，虎妈也没日没夜地在田地里劳作，家里养的鸡鸭也全部卖了钱换了粮食。虎哥一放学就帮着虎妈做力所能及的家务，一家人共渡难关。

在那段艰难的日子里，虎哥迎来了10岁生日。按农村的风俗，生日的孩子必须要吃鸡蛋面，如果没有吃的话，来年便会多灾多难。

眼看着虎哥的生日越来越近了，可是虎哥家里的母鸡早就被卖掉换了粮食，家里一个鸡蛋也没有了。两个多月没有吃到鸡蛋的虎哥，非常期待着生日的到来，他想吃上一碗鸡蛋面。可是虎哥只看到母亲和往常一样早出晚归地劳作，并没有给自己过生日的意思。一天晚上，虎哥发现母亲洗碗的时候一碰水，手就哆嗦一下，虎哥再一细看母亲的手，发现上面有一道道细细的伤痕。虎哥追问母亲："您手上怎么会有这些伤痕?"虎妈轻描淡写地说，那是在玉米地除草的时候，被草割伤的。虎哥想想也是，以前和母亲在玉米地除草的时候，自己也偶尔被割伤，过几天就好了，于是他对这事就没往心里去。

第二天中午1点，家里饭菜都煮好了，按往常虎妈早就该回家吃饭了，可是她还没有回到家。中午1点10分左右，虎爸着急地对虎哥说："你妈不会出什么事了吧？快，和我一起找你妈去！"于是，虎哥跟着父亲跑出门，他看到父亲往山里的方向跑去，就大声问道："妈妈不是在玉米地里干活吗?"

"你妈在山上，这两天她都在山上为你过生日找野鸡蛋呢！"父亲头也不回地往前跑。

虎哥心里一愣：找野鸡蛋？山上的野鸡是不少，可是它们都是把窝藏在灌木丛中，很难找得到啊！虎哥一边想着，一边追赶着父亲。父子俩找了好久，依然找不到虎妈。虎爸慌了，虎哥第一次看到父亲这么慌乱。这个气喘吁吁的男人不停地自责，说自己不该答应让妻子来找野鸡蛋，不该购买那一船的木材，不该让妻子和孩子们受苦。听着听着，虎哥的眼里泛出了泪花。

当他们来到一座山的山脚时，终于看到一个人影在半山腰缓缓地移动着，定睛一看，果然是虎妈。于是，虎哥和虎爸激动地向半山腰跑去，可是满山的灌木和荆棘让他们寸步难行。

“妈，不找了，回家吃饭吧！”虎哥冲着山上的人影喊道。虎妈没有回应，这时，虎哥看到她弓着腰，拿着一把砍柴的弯刀，一边砍着前面的灌木和荆棘，一边小心翼翼地往前挪动。虎妈前进得很艰难，偶尔被灌木丛中的叶子割到，或被荆棘划到，她的手就迅速地往回缩。虎爸也在催促着虎妈别再找了，快点下山来。虎妈不肯下来，执拗着说再找找，还让虎爸他们不要再上去。虎哥和虎爸艰难地沿着虎妈开出来的“路”向前移动着，手上、脚上都被灌木划出了几道小小的伤痕。

“找到了，找到了！”虎哥和虎爸快要到半山腰时，听到虎妈兴奋地叫喊着。

虎妈缓缓向一丛灌木探下身去，用手轻轻抓起了野鸡蛋。在耀眼的阳光下，虎哥看到了母亲高高举着野鸡蛋，那个野鸡蛋仅有半个鸡蛋大小。阳光刺眼，更刺痛虎哥眼睛的是母亲那被划出道道伤痕的双手。母亲手中渗出大大小小的血珠，这双鲜红的手的后面，是一张满是微笑的脸，笑得那么灿烂、那么温暖。

看着那双满是伤痕、流着血的手，虎哥的眼泪哗哗地流了下来，他哭喊着：“妈，我不过生日了，再也不过生日了。”虎妈走到虎哥的身边，安慰着说：“傻孩子，哪能不过生日呢？看，野鸡蛋有了，咱回家去吧。”说完，虎妈便把野鸡蛋拿到虎哥眼前晃了晃，往山下走去。

晚饭时分，看着面前热腾腾的野鸡蛋面，虎哥热泪盈眶，他哽咽着把那碗面吃了个精光，那是虎哥吃过最好的生日面，那味道虎哥永远无法忘记。那是碗五味杂陈的生日面，饱含着母亲的爱与坚忍，饱含着生活的贫困经历与一个孩子的成长。从那天起，虎哥不再调皮捣蛋，虎妈的竹鞭没有做到的事，一碗野鸡蛋面却做到了。

很长一段时间，虎哥一家艰难的生活一直没有好转。虎爸虎妈每天仍然要早出晚归。直到虎哥考上镇里最好的初中时，家中所欠的债务终于还了一大半。虎哥的父母对于虎哥能考上镇里最好的初中，感到既高兴又忧愁。高兴的是虎哥努力学习，勤奋向上，忧愁的是虎哥读初中的费用又增加了家庭的负担，家里真是捉襟见肘。经过一番努力，虎哥的学费好不容易凑齐了，他开始了每周只能回家一次的初中生活。每次虎哥回家，虎妈都非常高兴，可是到了周日返校时，也是虎妈最犯难的时候，因为她要为虎哥准备下一周的生活所需。每周虎哥需要10斤米去学校换饭票，需要5元钱去换菜票。对于整日在田间劳作的虎妈来说，家中的米足够，而让她犯难的是那5元钱的菜票。

一个周日的傍晚，夕阳逐渐西下，虎哥在院子里默默地往米袋装米，院子里没有一丝风，安静极了。虎哥几次想问母亲要那5元钱，可他话到嘴边又收了回去，他害怕看到母亲那犯难的表情。虎哥装完米，看到母亲默默走出了家门，他也悄悄地跟在了母亲的身后。虎哥看着母亲走进了开小卖部的八叔家，过了一会儿却面如土色地走出来，接着她又走进了另一个邻居的家。虎哥远远地躲着她，生怕被看到。大约半个小时后，虎妈回来了，她把5元钱递给了虎哥。虎哥接过那5元钱，紧紧拽在手里。不知多少个周末，虎妈就这样厚着脸皮，一次次敲开邻居的门，用她的自尊，借回虎哥每周5元钱的菜票。这样的情景一直持续到虎哥上初三那年才结束。

虎哥初三毕业填写志愿时，虎妈问虎哥想填什么。虎哥想早点帮助父母挣钱养家，便说要去读中专，这样三年后就可以参加工作了。

虎妈听后不高兴地说："你就那点出息吗？家里还不需要你来挣钱，我和你爸还能供你读书，只要你有本事考上高中，将来就有机会读大学去。"

"不，我就要读中专。"虎哥坚定地说，说完便转身跑进房间关上了门。因为这个事情，虎哥和虎妈几天都没有搭话。

四婶知道了这事，跑来宽慰虎妈说："读这么多书也没什么用处，有人初中都没毕业，就去广东打工，一个月的工资都有1500元呢。再不行他跟几个堂哥一起在村子里做木工，每个月也有1000元左右。虎哥读中专三年出来，也可以挣钱了，你们两口子也轻松不少。"

虎妈听了，沉默良久，说道："虎哥能考上大学。"

在虎哥填志愿时，他自己填了中专。然而到了暑假，虎哥等来的不是中专的录取通知书，而是县里高中的录取通知书。这时，虎妈才跟虎哥说，这是她当时在老师把志愿表交上去之前，找老师偷偷改的。

初三的暑假结束，虎哥只好乖乖地去了县高中读书。三年的高

中生活很快就过去了，虎哥家的生活也比以前好了一些。

2002年，虎哥顺利地参加了高考，填写志愿之前，虎哥问虎妈要学什么专业。

虎妈平静地说："你喜欢读什么就填什么，对于读大学，填志愿，我一个农家妇女又怎么懂得呢？"

虎哥问道："那初中毕业时，你又懂得把我的志愿改成高中？"

虎妈笑了，说："那是问了村里小学的校长，他告诉我只有读高中才能考大学，我这么做就是想让你有大出息。"

这一次填报志愿，虎妈没有干涉虎哥的选择。虎哥填上了自己喜欢的汉语言文学专业。

在2002年的夏天，虎哥接到了大学中文系的录取通知书。

现在虎哥也参加工作了，过年回家时，虎哥与虎妈唠家常。虎妈带着歉意说当年她用竹鞭打虎哥并不对，担心虎哥记恨她，但是当时她也没有办法，毕竟邻居们纷纷上门告状。虎妈问虎哥记不记得"铁腿"的事，当时疼不疼。虎哥告诉她，这么多年了自己怎么还会记得。虎妈不知道，在虎哥的心里，再疼也疼不过当年母亲那双拿着野鸡蛋、颤抖的、被血染红的双手；再疼也疼不过当年看到她借不到5元钱而流露出的失望的神情；再疼也疼不过初三毕业那年因填志愿的事情，母亲几天对自己的不理不睬。

在外地拼搏的年轻人经常说，心在哪里，家就在哪里。虎哥则说："妈妈在哪里，家就在哪里。"

| 六　伯

我的六伯浓眉大眼，厚嘴唇，方脸，双臂粗壮有力，双腿却非常细。他不喜欢留胡子，每天早上都会用剃刀把胡子刮得干干净净。六伯不善言语，他爱笑，但从不露齿，他只有在开口说话或者忍不住大笑时，才将一嘴龅牙暴露无遗。

六伯是村中有传奇色彩的人。他生于1946年，从小就喜欢观察各种动物。他9岁时，在村中狮子岭上看见一群野猪，十分好奇，就跟着野猪往狮子岭山头上走，边走边观察它们的一举一动。后来，六伯跟得太远，就迷路了，直至日落时分还没回家。二伯只好带着他的几个堂兄弟去寻找六伯。月上半空，在山坳处，找得筋疲力尽的二伯终于发现了六伯。后来，全村人都把六伯的绰号叫成“狮子岭”。

六伯身高不足1.5米，虽然他个子不高，但干起农活来却没人是他的对手。

六伯十几岁时就跟着隔壁村的亲戚学起了阉鸡。由于观察仔细，且充满兴趣，六伯很快就出师了，开始在各村接起阉鸡的活儿。六伯的口头禅是：“看我怎么阉了你！”

20世纪80年代，是鸡屁股“提款机”的年代。每家每户都会养一些鸡、鸭、鹅、猪、牛等牲畜，尤以养鸡的人最多。对于养鸡的人家来说，通常会把阉过的公鸡卖掉，留下母鸡继续下蛋孵出小鸡，而小鸡则会被养大。阉过的公鸡，肉质鲜美，味道醇正，不仅是当地重要节日的必备祭祀品，也是家里接待亲朋好友的上等菜。

由于经常在各村阉鸡，六伯成了远近闻名的“阉鸡佬”。清晨是六伯最忙碌的时候。天还没亮，就有人来敲门，大事没有，全是阉鸡阉猪之类的小事。简单的洗漱后，六伯就提着一个装着工具的黑色手提包出发了。

阉鸡，对于六伯来说，简直是“张飞吃豆芽——小菜一碟”。那时候，每家都有十几只鸡，如果鸡群里公鸡数量过多的话，它们就会互相打斗，甚至无休止地追着母鸡交配，弄得母鸡连下蛋的时间都没有。从早到晚，屋前屋后都会被这群公鸡弄得一塌糊涂。

到达养鸡人家里后，六伯就在庭院里忙碌。他先打开工具包，拿出几样工具：一把锋利的小刀；一个类似于弹簧、细长的小扣子，也即“铁弓”；一根细长的线，两端分别接在两根铁丝上；一把长柄小勺子和一把带着刀面的镊子。接着六伯就坐在板凳上，从手边的鸡笼里抓出公鸡，一只脚踩在鸡翅膀上，另外一只脚踩在鸡爪子上，公鸡在他的脚下无法动弹，丝毫没有反抗的余地，只能任由他摆布。这时候，六伯就会在鸡背上快速地拔下鸡毛，然后拿起锋利雪亮的小刀，在鸡的身上划出一道约两厘米的口子，接着再用金属工具将口子撑开，之后把连着线的两根铁丝伸进口子里，上下拉动，最后用小勺子往公鸡肚子里面一掏，就把公鸡的睾丸掏了出来。六伯掏完小公鸡的睾丸后，就掰开鸡的嘴巴，喂上一两勺清水。他阉鸡的时间只用几分钟，整个动作一气呵成。

相对于阉鸡来说，阉猪就比较费事了。大伙儿一般都是等到小猪出生满月之后，才对它们进行阉割。

六伯来阉猪的时候，会让养猪人先把小猪绑在拆下来的门板上。接着他再拿出一头带着刀子，一头带着钩子的工具，用手在小公猪的屁股和两腿之间摸一摸，然后用刀子在那个位置划开一道小口子，再用钩子轻轻一钩，便把蚕豆大小的小猪睾丸给钩了出来。完成了这些工序以后，六伯会叮嘱养猪人给阉猪适量的走动，千万不能让它们在猪圈里睡着。

六伯说，小公鸡和小猪的睾丸是治疗小儿体虚和咳嗽的良方，也是治疗男人难题的良方。他之所以总有使不完的力气，就是因为常吃这个。

2005年之后，村里很多人都在镇上、县城买地建房，或是去买商品房，留在村里的人已经不多。六伯在听了亲朋好友的一遍遍劝说后，还是选择留在了村里。

外出务工带来了较高的收入，人们不再把收入寄托于饲养的家禽家畜。因此，来找六伯的人越来越少。

后来，六伯收起了阉鸡阉猪的工具，但他依然有使不完的力气，在稻田里干活的时候，在打捞村里水库浮萍的时候，在上山砍柴的时候，他似乎从未老去。

| 大头九

还有一个星期才到春节，大头九就提前买好了回家的火车票。

大头九生于1975年，是我的九哥，他的父亲就是我的六伯。因他在家族同辈中排行第九，而且脑袋比较大，村里人都叫他大头九。大头九生气时眼睛大如牛眼，有一种不怒自威的严厉。他和村中其他同龄人一样，20世纪90年代初便到了广东打工。

大头九在广东生活了20多年，如今，他决定背上行囊，回到鸦鹊塘村，回到他出发的地方。

此时的广州火车站，人来人往，空气混浊。候车厅的空调有气无力地嗡嗡响着。

大头九倚靠在候车厅的椅子上，脚边放着一个半旧的行李箱。他干裂的双唇紧闭着，双手拿着手机，指关节显得凸出。手机里正在播放的搞笑视频让他的心情变得轻松，也让他脸上的皱纹更加明显。

去广东时，大头九是青春少年，归来时已是大腹便便的中年男人。午后的暖阳中，吹来了一阵风，门外树叶摇落。看着片片落叶，大头九缩了缩脖子，把黑色风衣的衣领往上拉了拉，似乎这一阵风能隔着玻璃门吹到他的身上。

回到久别的家乡，大头九无所事事，他偶尔出来闲逛一下，其他时间都是在睡觉。

不知不觉，已是2018年3月。此时，大地生机勃勃，到处都是春的气息。

大头九却感觉不到春天。他似乎还活在去年的冬天里，偶尔出去见一见旧时的好友。好友告诉他，东湖为打造良好的生态环境，正在广招湖面打捞人员。

大头九没有说话，看着远处。一只鸟儿飞过，停在树梢，不一会儿，拍着翅膀飞走了。大头九心想：鸟儿都有自己的方向，可我从异乡归来，却找不到人生的方向了。

傍晚时分，大头九剃了个光头。他打电话给我，说要去应聘东湖湖面的打捞人员。

我不支持，也不反对。

两天之后，大头九再次打电话告诉我，他已经轻松通过面试，正式成为湖面的打捞人员。

大头九的日常工作是把浮在湖面的水葫芦和水里的垃圾打捞出来，使湖水看起来干净清澈。

清明节前的一天清晨，一名钓鱼爱好者在东湖发现了一具尸体。辖区派出所民警接警后赶到现场，随后联系相关人员进行打捞。大头九接到了打捞任务。

大头九把尸体打捞上岸后，坐在边上，看清楚了死者的样貌：女性，不到30岁的年纪，脚上穿一双凉鞋，面容清秀。大头九心想：这女子难道是投湖自尽的吗？世上有那么多美好的东西让人留恋，这女子怎么就舍得走了呢？换了我，才舍不得走呢。

20世纪90年代初，在灵山县鸦鹊塘村流传着一句话：“东南西北中，发财到广东。”当时村里十五六岁的年轻人纷纷去广东淘金，这深深触动了大头九的心。

大头九回忆道，那时候他觉得，在村里人多地少，只能守着水库，没什么奔头，还不如出去闯闯，或许可以闯出些名堂来。

1995年6月，他从村里出发，辗转到了广东省佛山市。那时候的佛山，有很多外资企业、私营企业办得风生水起，劳动密集型产业快速扩张，需要大量的劳动力，每天数以万计的外来务工人员，涌向广东的车站码头，当时那边最繁忙的莫过于建筑工地。

由于会说粤语，刚到佛山的大头九很快就找到了工作。他进了一家玩具厂当流水线工人，每天工作10个小时以上，每月收入500元钱左右。当时这家玩具厂招的大多是女工，男人没有文化和相关技术是很难进厂的，即使进了厂也很难待得长久。

大头九只有小学文化，不会什么技术，只有一身蛮力，干起活来也没有女工那么细致。不久，他就离开了玩具厂，来到了一个建筑工地。但是这个工地上很多是湖南人，大头九和他们相处不来，干了两个月，就走了。

离开工地后不久，大头九遇见了同族堂哥。在村里时，他俩关系就不错，现在在异乡见面，自然常常结伴而行。一个偶然的机会，他们与一个老环卫工人相识。二人觉得反正他们暂时还没有工作，不如就跟着这个环卫工人先干着。于是，他们买了一些好吃的，带上两瓶二锅头，来到老环卫工人的住处，央求对方收他俩

为徒。

老环卫工人说自己以疏通下水道为生，并没有什么高超的技术。老环卫工人免了他俩的拜师礼，并答应带他们一起干活，但工资不高。

老环卫工人不但悉心传授了自己的技术，还让大头九他们亲自操作。一个月后，他们就掌握了技术要领，工作效率大大提高。

这时候，大头九觉得整天跟又脏又臭的下水道打交道，长久干下去，身体都受不了，钱也赚得不多。于是，他就跟堂哥提议一起找老环卫工人加工资。

但他的堂哥却说："通一次马桶就有几十块钱，这钱好赚，加不加工资对我们来说是次要的，最重要的是我们自己知道怎么搞疏通了，就可以到佛山，也可以到广州，甚至还可以到深圳自己干。干这一行不需要什么资金，关键是技术，你想想，只要我们租一间房子，买个疏通机，再打广告就有生意了，这才是我们要考虑的。现在我们缺什么，缺的就是买疏通机的渠道。"

大头九一听，觉得未来的美好蓝图已经描绘，便没有怨言，继续干活，等待机会。

不久，大头九他们找到了卖疏通机的五金店，而且找到了生产厂家。两人就找了个借口，向老环卫工人提出辞职，然后就来到了广州。他俩租了一间房子，开始自己接活。他们在楼道里粘贴了广告，很快就有了生意，正如堂哥所言，后来请求他们帮疏通下水道的电话一个接着一个，他们从中赚了不少钱。

之后，大头九开始替人安装水电、维修家电、空装空调，负责室内外装修等。

大头九跟我说："别人一般是看什么工作轻松就做什么，我是看什么工作赚钱就做什么，哪怕再苦再累也愿意做。"

后来，不知道是什么原因，大头九不再做疏通下水道和安装水电的工作，他进了一个小陶瓷厂。大头九先做操作工，说是操作工，其实就是打杂的，比如拉烂砖、量砖搬砖、去窑炉插袋加装、去出口打记号等。后来，他就负责开压机。

不久，厂里发生了安全事故。一个30岁左右的女工，在工作中因为操作不慎，被切断手指，造成严重伤残。后来，老板赔偿了几万元钱，就把这个事情给处理了，那名女工也被辞退了。大头九听说了女工的遭遇，心里很不是滋味，他心想：出来打工，挣钱并不是第一位的，关键是要保证安全。如果缺胳膊少腿了，这辈子就没什么奔头了。

1997年，经熟人介绍，大头九来到了另一家陶瓷厂。他的工作是看窑尾。有时候遇到流水线运作不正常，他还要加班将烂砖拉走，工作比原来的辛苦，但是也比原来赚的钱多，有时候一天能多赚200多元钱。大头九说，窑炉热，在工厂里面上班，就像在蒸笼里一样，连风扇吹出来的风都是热的。那时没有藿香正气水，大家只能喝绿豆汤来解暑。

为了赚更多的钱，大头九还利用业余时间去偷师学艺，他学会了分析印花。1997年至2000年，大头九先后换了5家工厂。2000年以后，大头九来到一家大规模的陶瓷厂。

大头九说，在那家陶瓷厂，他的岗位是产品分级员。有一天，

他发现有一些釉面颜色都很好的瓷砖被分到了另外一级。这是比优等差的一个等级。他觉得只要稍微返工就可以使这些砖成为优等砖。于是，他跟厂里的同事吴晓燕讨论怎么才能把次一等的瓷砖打磨成优等瓷砖，吴晓燕很赞同他的想法。吴晓燕是川妹子，留着一头乌黑的短发，皮肤细腻白皙。她善于跟经理打交道，能吃得了苦，又会应酬，后来，老板把她提拔成为厂里质检的负责人。

那时，厂里质检的岗位有空缺，经考核后，大头九就被吴晓燕提拔为跟班质检员，他的收入也高了一倍多。到2010年，他每个月最高能拿到1万多元的工资。

大头九说，这都是往事了。回到眼前，大头九还是愿意在村里继续做着湖面打捞工作。他点燃了一支烟，看着烟头明灭，慢悠悠地说："我的儿子、女儿都长大了，不用操心了，我厌倦了外出打工的生活，在外面没有归属感。只有在家乡，在鸦鹊塘村，我才有家的感觉。"

七 姐

2018年4月，清明节。我见到了七姐。

眼前的七姐，一头短发，十分精神，黝黑的皮肤见证着她日复一日、年复一年在村里干农活的时光。

七姐知道勇哥要回来扫墓，骑着电单车从虾塘村赶往鸦鹊塘村，想送些茶叶给勇哥。勇哥在家族同辈里排行十三，是我的堂哥，七姐的堂弟。

七姐见到勇哥后兴奋地说："老弟，这是姐自己采的茶，是我们山上的农家茶。"说着她就递了两袋茶叶给勇哥，因为茶叶装得太满，她递过去的时候还掉下一些，洒落在地上。

七姐对勇哥说："我儿子在家，我总担心他学坏，在你那儿我就放心了，你费心帮管管。"七姐笑笑。

勇哥回应道："他学东西很快，我会好好教他的，七姐你放心吧。"

七姐走后，勇哥给了我一些茶叶，说："这是好茶叶，你也喝一喝，对身体好。"

七姐是五伯的女儿。五伯有两儿两女，两个女儿命运不同，相貌也相去甚远。五伯的大女儿是七姐，身材不高，相貌一般；二女

儿是十姐，长相清秀，惹人怜爱。

七姐性格刚烈，烈如辣椒。

村子靠近东湖，湖边的浅滩是我们男孩子洗澡的好地方。每当夕阳西下，被晒了一天的湖水吸收了太阳的热量，特别适合游泳、洗澡、摸鱼……这个时候总有一群男孩子泡在水里嬉戏。

1990年夏天，七姐12岁，小学刚刚毕业。她看到水里都是男孩子，嘴里嘟囔着："凭什么男的能去东湖游泳，女的却不行？"

八姐听了，和她打趣道："人家能光膀子，你能光膀子吗？"七姐拍了拍胸脯，说："有什么了不起的，我穿衣服下水不就行了。"

八姐当她说笑，没理她。可七姐却真的找机会下水了。

我还记得那天下午的场景。宁静的村子突然热闹起来，浅滩传来了口哨声，旁边站着十几个穿着三角裤的男孩，有我认识的，也有不认识的。

我发现浅滩里竟然有一个女孩子，是七姐！我差点叫出声来。

旁边的男孩冲着七姐吹着口哨，起着哄。

七姐却脸不红，心不慌，仿佛他们都不存在。她上身穿一件米黄色衬衫，衬衫里还有一件白色的衣服，下身穿一条长裤。七姐裹得严严实实泡在水里，她不会游泳，仰着脑袋露在水面上。

七姐朝我使了使眼色，说："老弟，去家里帮我带香皂来，我要洗头。"

我愣在那里，不知所措。我感到左右为难，她是我堂姐，可我也不好替她解围，毕竟围观的男孩中也有我的朋友。

七姐见我不动，催促道："你变木头了？还让不让姐洗澡呀，赶紧去!”听到她这么一喊，我赶紧跑回家。

当我再次返回浅滩的时候，人群已经散开。

后来，我听说是七姐把他们一个个骂走的。她先骂不认识的人，并威胁他们如果再不走，晚上就去他们家，让他们父母好好收拾他们。然后她又逐一骂认识的人，连他们的祖宗十八代，她都一一问候。最后赖着不走的那些人，也被七姐用从水底摸起的泥块一一砸走了。

就这样，周边的人都散了，七姐便舒坦了。她拿到香皂，在水

里洗了头，又泡了泡澡。在夕阳西下、天刚刚黑的时候，七姐钻出水面，浑身湿漉漉地跑回了家。

从此之后，七姐的这个趣事便在村里传开了。

1995年，三伯回村。他平时生活在百色市，那里教育资源较好，村里有亲戚想把孩子送进城里读书，便提出要跟着他迁出户口。三伯这趟回来就是要考虑带谁到百色生活。三伯知道，他的亲生女儿，也就是我的五姐，是不能带到百色的，因为五姐是他和前妻生的，前妻不会让他把女儿带走。三伯选择了乖巧的十姐，认为十姐身材匀称，举止得当，不像七姐，都17岁了还没有1.5米高，怎么看都像个矮冬瓜，性子还特别刚烈，怕今后不好相处。

五伯作为七姐和十姐的父亲，犹豫再三，还是同意了三伯的选择。

1996年，三伯把十姐的户口转到百色市，之后十姐嫁给同单位的司机，生活虽不富裕，却十分悠闲，不用受劳作之累。

七姐知道十姐的户口能迁到城里后，号啕大哭，她觉得父亲偏袒十姐。五姐知道后，说："你哭个屁，我也没能去百色，我还没哭呢，就当我没有这个爸爸，你没有这个三伯！"

1998年，七姐嫁人了，嫁到了附近的虾塘村。

现在的七姐，身材有些发福。她拿着茶叶来的时候，穿着一件米黄色的衬衫，把袖子撸到了上臂，头上戴着一顶草帽，后边露出马尾，下身穿着蓝色的工作裤，裤腿上沾满了黄泥浆。

远处的罗阳山，从山脚至山腰，都是一大片一大片绿油油的茶垄。

我问七姐："采茶辛不辛苦？"

七姐说："苦也不苦，不苦也苦。我的弟弟，也就是你的十五弟，他有糖尿病，也得在广东继续开车；十七弟天冷了还得下水放网捕鱼；和你最好的勇哥，虽然做了小老板，可还不是得把各方面的'神仙'打点好，把工人安排好，晚上还得去看管修车厂。和大家比起来，你说我这算苦，还是不苦。以前，我是陪着你的八姐、九姐、十姐一起去采茶。当时有农忙假，为了赚零花钱，我们才去帮忙采茶。我们有时候背着大背篓，有时候拎着小篮子去采茶。那小小的嫩芽充满生机和希望。当时我只觉得采茶好玩，并不觉得累。当年一起采茶的姐妹中，八姐去了南宁，九姐嫁到广东三水，十妹现在也成了城里人，只有我没有出去，还留在农村。"

我知道，七姐在1996年曾去广州打工，据说是在玩具厂装配玩具，两年后她回来时已经挺着大肚子。五伯或许认为七姐怀孕已经是"生米煮成熟饭"，又或许因为之前没能让七姐迁去百色而对她有所愧疚，很快便同意了这门婚事。

2000年，村里通往县城的省道通车，往返两地的时间缩短了一半。村里的平山茶厂出产的茶叶能及时运到县城包装后再出售。平山茶厂种植了几千亩茶树，产品主要有"毛峰绿茶""曲毫绿茶""直条绿茶"……这些产品都深受消费者欢迎。

七姐说，她做完家里的农活，就去打短工，去采茶。每年采茶最忙的时候是三月底至四月初。采茶人多是40~60岁的妇女，也有老人。采茶的报酬不多，但可以补贴家用，还可以给孩子多赚一些伙食费，也能给老人添些补品。

我注意到七姐的手，青筋明显，手指发黑，指甲缝也被茶叶染成了黑色。她的拇指、中指、食指上都长了厚茧。

她说她在采茶时，左手捻下一片叶芽，右手就已经落到了另一片叶芽上。然后右手即将捻下叶芽时，左手又开始寻找新的目标。

“就像是吃着碗里的，看着锅里的。”我笑道。

“那是，小老弟。采茶多了你就知道这里头用的是巧劲儿。你不能用指甲掐，只能轻轻捻，然后顺势往上拔，这样茶叶的成色才好，才能得到好价钱。”七姐是熟练的采茶人，说起如何采茶就眉飞色舞。

七姐说：“五年来，茶厂效益还不错，厂领导见我踏实肯干，每月给我1000元。除了采茶外，我还帮忙种茶苗，给茶园施肥、除草、喷药、晒青。但之后的烘干，挑选包装，我就做不来了。”2010年，广西大旱，3个月没有下雨，茶厂要时常给茶树浇水，否则茶树很容易被旱死。七姐他们就到罗阳山里找小溪流，蓄起小水池，等着水慢慢地积满，再舀到桶里，拿去茶树地浇水。后来，小水池的水解决不了问题，他们就从灵湖里抽水，拉回茶厂的蓄水池，浇灌的时候再往上抽。如果没人帮忙，七姐就只能自己拿着沉重的水管在茶地里忙活，站不稳还会滑倒，弄得一身水一身泥。我明白了七姐的苦。

七姐说：“现在我就是希望将来儿子从勇哥那里学手艺回来，能在镇里修摩托车和汽车。有了一技之长，他也能做自己想做的事。”

“一步步来吧。”我说。

酒鬼七

酒鬼七喜欢喝酒，千杯不醉。别人会开玩笑跟他说："你再喝就要把东湖水给喝干了。"

酒鬼七高大魁梧，胖脸里带着一点凶狠。

我的命是酒鬼七救回来的。小时候我们喜欢在东湖游泳。东湖中有一个小山坡。东湖蓄水后，小山坡就成了孤岛。一群群小鱼小虾聚集于此，撒欢觅食。我们经常来这个小岛摸鱼，每次都有不小的收获。这里成了我们最向往的地方，是我们的天堂，但是这里也差一点成了我的地狱。

有一天傍晚，我和小伙伴们在东湖中的小岛玩耍、游泳，之后收拾好衣物便开始往回游，游着游着，我的腿突然抽筋了。慌乱中，我开始大喊："救命，救命！……"然而小伙伴们似乎没听到我的呼救，一个劲儿地往前游去。

我想往前游，无奈腿上一阵阵疼痛，只能使出浑身的力气拍打着水面，可双手很快就没有了力气，我开始慢慢往下沉。

在岸边的酒鬼七，半眯着眼，正举起杯子，想喝上一口酒。突然他看见了我在水面挣扎。

"挺住啊，小弟，我来救你。"话没说完，他就"扑通"跳进了

水里，不慌不忙地抓住一个不知是谁从岸边扔过来的硕大的芭蕉叶。

酒鬼七那时候还没有喝酒。据说他喝酒后，游泳的速度会更快。

他忽地一下就游到了我身边，把那根2米长的芭蕉叶递给了我。

我死死抓着芭蕉叶，直到酒鬼七把我拖到岸上。

酒鬼七放下芭蕉叶，气也不喘一口，就拿起刚才倒好的那杯酒，仰起脖子一饮而尽。然后他开口骂道："你这小子，我们村还没有人在这里淹死的，你可不能开这个头。哼！"说完，他拎起酒瓶，把酒杯放进上衣的口袋，头也不回地走了。

那年我8岁，酒鬼七14岁。他辍学在家，经常聚集一帮同龄人，外出喝酒打架也是家常便饭。

喝酒后，他讲得最多的一句话就是："我手下那帮人，有几十几百个人，找他们做什么事都没问题，我是要钱没有，要人有一堆，这些小弟绝对会给我面子的。"

对于酒鬼七这一番酒话，我不好反驳什么，无意中看见他的一双醉眼，我连忙点头附和。

2000年，酒鬼七19岁，身高1.8米，他很仗义，在各村远近闻名。酒鬼七家外面的晒谷场上，经常停着十几辆摩托车。他说这些车都是他的小弟开过来找他的。

酒鬼七的叔叔，也就是我的九伯，在六湖水村承包了100亩山塘。农忙过了以后，九伯便撒下鱼苗。这个时候，水肥草嫩，鱼苗也长得很快。六湖水村的人知道九伯不是本村人，就打起了山塘的主意。眼看着鱼儿长大了，就有人提着鱼竿来钓鱼，还有人在晚上偷偷进去摸鱼，蛮横一点的甚至在大白天就到山塘下网捞鱼。

九伯生性懦弱，看到这情形是敢怒不敢言。不到半月，山塘损失惨重。无奈之下他就找到了侄子酒鬼七。

来偷鱼的，尽是些年轻人，领头的人姓刘名武，22岁左右，是有名的地痞。刘武平日里游手好闲，裤腰里别把牛角刀，据说他曾出手伤过人，被派出所拘留过，是六湖水村的狠角色。两年前他到鸦鹊塘村偷鸡，还被酒鬼七的十三哥——勇哥揍过一次，这才安分了一段时间，然而当勇哥去省城后，刘武又重出江湖。

有一天，六湖水村的几个年轻人到山塘里游泳，又顺手摸了几条大鱼。在不远处看管山塘的九伯早就把这些看在眼里。由于酒鬼七答应了会帮忙，九伯便壮着胆子，大喝一声："给我把鱼放下！"

偷鱼的人嘴巴不干净，见九伯不是本村人，便恶狠狠地骂了几句，九伯则一一骂了回去。那几个年轻人不再理会他，捡起装满了鱼的蛇皮袋，扬长而去。

这几个年轻人回到村中，把这事添油加醋地告诉了领头的刘武。

刘武早些日子在邻村被人算计了一番，这几日正愁一肚子怒气没处撒。听了这事之后，他便叫上三五人，带上渔网和棍棒铁锹，就往山塘赶来，一边走一边说："都欺负到家门口来了，看我今天怎么收拾这个死老头子。"

九伯知道这几个年轻人不会善罢甘休，他赶紧跑去找酒鬼七来

帮忙。酒鬼七看见气喘吁吁的九伯，就明白了八九分，于是他也叫了三五人，抄起木棒锄头，往山塘赶来。

到了山塘，酒鬼七没见到刘武他们，仔细一看，原来那家伙正带着人在水里捞鱼。

酒鬼七左手抓着一瓶三花酒，右手拎着一根木棒，朝着刘武他们叫骂："你们还不赶紧给我上来，等下我的拳脚可不长眼睛。"

刘武一看，岸上朝他骂的人，脸微红，光膀子，一副要把自己生吃的样子。刘武不慌不忙，从水里走了出来。

"今天不把你收拾了，我怎么在六湖水村混？"刘武上了岸，顺手捡起了一块石头。

酒鬼七说："以前我们十三哥把你给打趴下了，今天就轮到我来收拾你。"酒鬼七早已把刘武的底细打听清楚了。

刘武不回话，直接把手中的石头朝酒鬼七砸过去。

说时迟，那时快，只见酒鬼七躲开了迎面飞来的石头，然后就冲过去朝着刘武一个侧踢，一脚就把这家伙踢进了水里，接着他自己也跳了进去。

刘武带来的几个人，看见这架势，停下了往前的脚步。酒鬼七的小弟们见状，也不上来帮忙，他们只是站着，看着两人在水里打斗。双方手里的家伙都抓得紧紧的。

在水里，酒鬼七占了上风。他一把抓住刘武的颈部，把他的头往水里面猛按。

"今天我就让你喝饱水，让你记住，鸦鹊塘村的人不是好欺负的。"

刘武的脑袋被压在水里，哪里能应答，只有从他嘴里吐出的水泡不停地往上冒。

“阿七阿七，赶紧住手！住手！出人命了！出人命了！”九伯在岸上着急大喊，他生怕弄出人命。

酒鬼七这才松了手。

刘武带来的人赶紧跳入水中，把这个喝饱了水的家伙拉起来，然后飞似地离开了山塘。

九伯后来逢人便说：“幸亏有好侄子在，帮我解决了大问题，现在山塘的鱼，再也没有人敢来偷了。”

自从把刘武揍了一顿之后，酒鬼七在各村的名声更响了，不少年轻人时常在夜晚来找他喝酒聚会。

家人看着眼前的情况，担心酒鬼七哪天会惹出大祸来。于是，三个月后，家人托了四叔，把酒鬼七带离了家乡。酒鬼七去了柳城，开始了他十几年的捕鱼生涯。

酒鬼七说，以前在水库捕鱼是玩闹，现在他捕鱼是为了赚钱，为了养家。

柳城的一个水库，面积不到200平方米，酒鬼七把数万斤鱼放了进去打算分批捞出。当时是盛夏，天气炎热，由于鱼儿大量集中，导致水体缺氧。水库里一部分鱼翻起了白肚，浮了起来，后来越来越多。酒鬼七和四叔一看情形不对，赶紧一声不吭就跑了，捕捞费也没敢跟老板要。

后来，酒鬼七慢慢积累了捕鱼经验和人脉，有了比较稳定的客户。他往往是谈好了价格才去捕鱼。这让酒鬼七赚了不少钱。

年年有鱼，年年有余，每逢过年，家家户户餐桌上都要有鱼。

还没到冬天，酒鬼七就准备好了手套渔网。他联系好了客户，便戴上手套，拿上渔网，下水捕鱼。

酒鬼七说，冬季枯水季比较好捕鱼，哪里有鱼他们就去哪里。酒鬼七捕鱼很有一套，他分几个步骤：先把木桩打入水底固定，这大概需要一至两天的时间，然后把养鱼区域分成两边，撒下渔网后就把鱼从这一边赶到另一边，之后就收紧渔网。最后便在浅水处，派两个人专门负责把鱼装进桶里。他们按照鱼贩的要求，只挑选大的鱼，小的就放回水中。

其实跟鱼贩子打交道，是一回生二回熟，合作久了，大家都称兄道弟，成了朋友，高兴的时候，酒鬼七还请他们吃鱼生。大家几杯酒下肚，生意就谈好了。

酒鬼七有时会回忆起他以前的事。他说："那时年轻气盛到处瞎混，现在要为生活而奔波，我的这些小弟很重感情，每年清明节回去拜山之后，我都要和他们去KTV喝几杯，大家有说有笑，很热闹。”

一天，酒鬼七浑身疼痛，疼得满地打滚，是九伯把他送到了当地医院。“搬他就如同搬个铁塔，我们可费了不少力气才把他弄到医院。”九伯说。

“0000952”是酒鬼七的住院号。我不喜欢这数字。

酒鬼七的临时病床搭在医院走廊上。陪护的家属没有凳子，累了就只能坐在地板上。九伯到超市买了一个小凳子，这样总算不用坐在地上了。过了不久，医院护士拿来了两张陪护床，这要归功于我的表哥，他自酒鬼七入院以来都在不停奔走，疏通关系，酒鬼七和九伯才能有这样的待遇。

九伯照顾酒鬼七时经常忙得大汗淋漓，看见医生护士过来，他便问：“我侄子没大事吧？”同样的一句话，他问了一遍又一遍。

经过一番检查，医生认为酒鬼七肝脏肿大，里面有明显结节，边缘凹凸不平，可能是肝硬化，甚至是肝癌。

酒鬼七痛得在病床上翻来滚去。九伯不敢把这个检查结果告诉他。

住院一周后，当地医院认为他们的医疗能力有限，就建议酒鬼七到另一家医院治疗。

转院一周之后，酒鬼七的病情依然未见好转。九伯去问医生，医生头也不抬，说：“回去吧。”九伯不知道医生是叫他回去，还是叫酒鬼七回去。他愣了一会儿，医生却起身出了门，留下他一人。

酒鬼七出院了，有气无力，曾经的胖脸已经不见了，神情更没

有了以前的凶横，他回到了村里。

经过化疗，曾经高大壮硕的酒鬼七变得消瘦，连眼窝都凹了进去。

酒鬼七痛苦地说：“现在我感觉就算一只蚂蚁在我脚下，我都踩不死，我真是成了废物。”酒鬼七知道自己时日已不多了，他开始养牛。

2018年5月，我见到了酒鬼七。他正赶着牛，我很诧异，叫了一声：“七哥，你怎么放牛啊？”

酒鬼七淡淡一笑，不理会我，默默走开了。

他养着四头牛，两大两小。两头长得威武雄壮的是牤牛，另外两头是小牛犊。

酒鬼七后来跟我说：“其实牛，比人重感情，而且还知道感恩。”

原来他身边的那些小弟，见他病倒后，都远远躲开了。

酒鬼七说：“每次我去给牛喂草、饮水时，它们一开始都高昂着头，当我把草料和水放到牛槽里，它们就温顺地低下头，慢慢地吃起来，吃饱喝足之后，它们就伸出舌头，看着我，像是感谢我一样。有时候我拿来玉米秆给牛吃，它们都甩着尾巴，像是遇见老朋友一样叫起来，仿佛在向我表示感谢。以前那些一起喝酒打架的朋友，看见我病倒了，没有钱再请他们喝酒，也没有能力再替他们出头了，他们就一个个都不来看我了。”

不仅是朋友，家里的一些亲戚也远离了酒鬼七。他说，只有自己的老母亲，还过来看看他，给他带饭。“晚上我躺在这张小床上，望着屋顶，心里难受，老天怎么让我患上这种病啊？难道我天生就是这样的命吗?”酒鬼七说,“想到这里,我的眼泪就流了下来。”

那些被酒鬼七欺负过的人,也开始来找他的麻烦。他们堵在酒鬼七每天必经的路上捉弄他,有的还用粪便尿液泼在他的门口。在酒鬼七牵牛出去时,他们又拿石块远远地往他身上砸过去。

酒鬼七住在晒谷场的老屋里。早上,他出去拌上草料,给牛吃过草料后,就把牛牵到山上吃草。看着它们卷起舌头美美地吃,酒鬼七感到愉快极了。心情好时,他会把它们牵到水库边,看着牛走进水里洗澡。下午,他就看着牛漫步在夕阳的余晖里。

酒鬼七说:“也许我还有希望活下去,我的牛也会跟着我一起活下去。”

后来,酒鬼七去了天津一家医院继续治疗。回来后,酒鬼七更是瘦得不成人形了。

我最后一次见到酒鬼七,是在县医院,已经奄奄一息的他,满身都插了管子。

一个月后,噩耗传来。救过我一命的酒鬼七走了。他养的牛,似乎与他心有灵犀,都默默地卧在地上。九伯看着对草料无动于衷的牛,说:“阿七也和你们一样卧着了呢,他卧在泥土里了,土里会长出草来,草还会长出草来。”

善 哥

寒风中，头发花白的七伯娘，站立在一个新坟前，她疲惫，苍老，瘦削，似乎一阵风就能把她吹走。一个高瘦的女孩搀扶着她，她们旁边还站着一高一矮两个男孩。

女孩是英姐，20岁，在家族同辈中排行第九。另外两个男孩，高的是善哥，17岁，排行第十四；矮的是尚哥，14岁，排行第十八。

他们的父亲就是我的七伯。那年，已经年过半百的七伯病倒了，他先是在县城医院治疗，谁料效果不佳，之后又转到另一家医院治疗。住院一周后，医生表示无能为力。无奈之下，七伯一家只好回到老家。

两个月后，七伯走了。

1999年1月，七伯入土为安。大年初九，善哥跟着英姐辗转来到广东省佛山市三水区，英姐把善哥介绍到一家西式快餐店打工。

17岁的善哥，浓眉下长着一双明净的眼，额阔脸方，身材修长，笑的时候露出两对虎牙，浑身洋溢着青春气息。

善哥第一天上班的时候，一位30岁出头的主管领着他来到厨房，对一个满脸青春痘的女孩大声说："这个人是给你们组招的，你安排他干活吧。”

那女孩上下打量着善哥，说：“你们招的人真是越来越差劲了，什么人都要，一看他就是个怂货。那谁，跟我来。”

善哥对女孩的话非常反感，但如今人在屋檐下不得不低头，他只好跟在女孩的后面，七弯八拐地来到了一群男女面前。他们正在卸货。女孩对一个比她年纪小的男孩说：“你给他派活吧。”

“你来卸货。”这个男孩丢下一句话，走到旁边，一双脏兮兮的手伸进裤袋，掏出一包烟来，他从烟盒拍出一个打火机和一根香烟，“啪”的一声，把烟点着了，然后蹲下身来，开始吞云吐雾。

那时候的善哥还不会抽烟。他曾想学抽烟，但每次在家偷偷抽烟都被呛得一塌糊涂。看着面前这男孩抽烟的样子，他心里想：我也要学会抽烟，不但要在这里抽，还要坐在办公室里抽，在这里抽烟算什么本事。

“开始干活啦，发什么愣？”说话的是个长脸的中年男人，他一头短发，长着络腮胡，还有一对招风耳，声音粗得像暴雷。善哥被这家伙吓了一跳，连忙向前迈步要去卸货。

“我们到店里工作，每个人要交500元给领班，你交了多少？”身后的长脸中年男人问道。

“我刚死了父亲，哪有钱给？”善哥头也不回，大声说道，“你们都是有钱人。”

长脸中年男人说道：“这怎么可能？钱不是领班要的，是招工的人收的，他们装进自己腰包，你不给钱，怎么能进来？”

善哥不再理会这个家伙，他心想：可能是英姐帮他交了这个

钱，英姐到广州打工有些积蓄，但自己现在也没有钱还她，等发了工资再还吧，毕竟她的工资不高，生活也不容易。

后来，善哥对我说："在当地，每个人想到企业入职，都要给企业里的招工人员三四百元的'辛苦费'，我们快餐店因为待遇比较好，所以'辛苦费'要交800元左右，低于这个数，就是很幸运的了。我问过英姐，也想把钱还给她，可她却总是笑而不语，也不收下我的钱。"

我安慰他说："英姐虽然去广东打工有些年月，但毕竟工资不高，或许这'辛苦费'不是她给的。"

善哥说："话是有理，可我还是心有不安。"

我看他有些为难，便说："你一表人才，是老板看上你了，你认真工作便是。"

善哥笑了，笑得有点不好意思。

善哥住在餐馆后面的集体宿舍里。这里有两间宿舍，男女各一间，两间宿舍相隔一堵墙，各放着4张架床，每间宿舍各住8个人，主管也和他们住在一起。宿舍里有洗手间，却不干净，一走进便闻到尿骚味。

善哥每天的主要工作是卸货和炸薯条。每天早上，他要早起，去店门外卸货，卸完货就去炸薯条。晚上，他隔三岔五要值班，也兼做保安，负责保障快餐店的安全。带他炸薯条的是一个四川人，姓崔，年纪40岁左右，他不善言语，一张大嘴好吃辣椒，两耳不闻身边吵闹。他那双长满老茧的手粗壮有力，被人惹急的时候，嘴巴直嚷"仙人板板"，这是四川一种骂人的话，嚷得多了，大家都叫他崔大板。

善哥说，崔大板讲义气，是一等一的汉子。

我笑了，问道：“他是英雄救过美，还是救过你?”

善哥说：“都不是。崔大板是跟着同乡来这里打工的，他不识字，也不爱说话。他第一次出远门时，买的还是站票，当时车上挤满了人，路途遥远，纵是一双铁腿也难熬。他的同乡买到了坐票，一路上，同乡时常给他让座，还给他买方便面，和他说些广东的好，还有广东的坏。火车终于到站了，他们两人扛着行李，出了火车站，顿时有种重见天日之感。同乡在一家工厂做保安，谁知道工厂连日失窃，却找不到小偷，老板就开除了他。说来也奇怪，同乡被开除后，工厂就不再丢过东西，厂里一片太平。也许是同乡运气不好，丢了工作后，他又遭到了车祸，一命呜呼。崔大板念及同乡往日旧情，就在每月领了工资之后，给同乡家里寄去一半，前前后后，寄了七八年吧……”

崔大板的故事，让我听得入迷，许久没回过神来。

不用值班的晚上，善哥就到周边的街道上闲逛。开始的时候，他觉得新鲜，对一切都充满好奇，后来就觉得没有意思了。

日子像指尖的流水一样逝去，善哥习惯了繁忙而劳累的生活。2002年，店里的主管、领班、小组长，回家的回家，跳槽的跳槽，大家各奔东西。

但善哥没有回老家，也没有跳槽。老板见他每日干活勤快，来店工作也有些年月，加上颇得大家认可，便任命他当小组长。

善哥不推辞，第二天就走马上任了。看着老板的笑脸，他心

想：老板赏识，我也一定要更加勤奋工作。老板却不想让他太劳累，当善哥闲时，老板便泡上陈年普洱，邀他一同喝茶。善哥第一次见到这种茶具茶水，也第一次这样喝茶，他不敢牛饮，只轻轻喝一口，便向老板汇报工作。老板一边醉心于陈年普洱，一边也把善哥的汇报句句听在心里。过了不久，老板就让善哥担任副领班一职，后来又对他委以重任，让善哥做了餐厅主管，管着六七个人。

我问善哥："做主管轻松吗？"

他摇了摇头了，说："不轻松。"

做了主管的善哥，废除了招人收"辛苦费"的潜规则。因此，更多的人愿意来到店里工作。

有一天，女领班带来了三四个女孩，其中一个女孩皮肤细腻雪白，扎着马尾辫，身穿紫罗兰颜色的衣服，一双大眼睛似乎会说话。这个女孩身材高挑，是四川人，与崔大板是同乡。

"我叫徐心。"女孩说。

"欢迎你来到店里。"善哥说完，假装低头在桌上找东西，他脸红了，但他心想可不能让这个女孩看出自己脸红，不然以后就不好相处了。一直以来，快餐店里不乏漂亮的女孩，可是他一个也没有看上。

善哥告诉我，他也不知道是怎么回事，见到徐心，就仿佛见着了久违的朋友，心怦怦直跳，感觉熟悉又陌生，想与她亲近，却又担心被拒绝。

我说，可能这就是一见钟情吧。

善哥被徐心吸引了。工作闲暇之时，他会偷偷凝视这个年轻的姑娘。时间长了，大家都知道了善哥的心思，于是，在茶余饭后，大家多了些谈资。

善哥是客家人的后代，既有北方汉子的粗犷，又有南方人的细腻。

小姐妹告诉徐心，善哥在追她。徐心笑道："他可没和我说，也没见他送过我礼物，怎么说是追我呢？他可能是看上了其他人吧。"

另一个同乡也对徐心说："你俩在一起是迟早的事，柴遇着火迟早要烧起来，而且会烧得猛，烧得旺。"

徐心笑着走开了。

有一次，徐心两天没有去上班。作为主管的善哥，心里很着急，他拨通了徐心的电话。徐心先是说要请病假，后来又说同乡好友有事来找她，耽误了上班。

善哥不知道该相信对方的哪个理由。直到第三天的入夜时分，他才了解到自己喜欢的女孩背上长疮了，躺卧都很难受。

善哥的心再也平静不下来。他到宿舍找到了徐心，好说歹说，终于把她劝去了医院。医生认真做了检查，说没什么问题，就开了一些药，要她外敷内服，并交待她不得吃生冷食物。徐心也知道了善哥的心思。经过这一回，两颗在异乡漂泊的心终于靠在了一起。

工作之余，两人常在露天广场约会。这里有音乐，有广场舞，有搂抱的情侣，有热闹的氛围。

广场的音乐里经常这么唱："摸摸你的腿呀，你真美呀；摸摸你的背呀，你跟我睡呀；摸摸你的手啊，你跟我走啊……"

每次听到这些歌词，徐心都会脸上一热，羞涩地骂道：“这女人唱的是什么乱七八糟的歌，真不害臊。”

善哥说：“这首歌每天都要播几十遍，我听得耳朵都起茧了，无所谓。”

善哥年少，听不明白徐心的话。徐心有一点失落。善哥哄了许久，她才露出了笑容。

走累了，两人便找了大排档，点了几个小菜。徐心说：“我想喝啤酒。”她本无真喝酒之意，只是信口说说，想不到善哥却当了真。他说：“我陪你喝吧。”

徐心不胜酒力，喝醉了。善哥把这个醉眼蒙胧的女孩背回了宿舍。此时，已是深秋，夜晚的气温比白天降了许多。寒意袭来，两人相拥在一起。拥着芬芳，善哥在她耳边轻声说：“这辈子我都要跟你在一起，保护你，陪伴你。”

善哥觉得打工的地方始终不是家，他想带徐心回到老家。

徐心却跟他说：“我想在城市发展，不想回农村了，我也回不去了。”

2004年的清明节，善哥决定带徐心回老家一趟。徐心犹豫再三，最终跟着善哥上了大巴车。

没想到徐心刚来善哥的老家两天，便提出要回去，说是有同乡来找工作，还没有落脚的地方，要与她同住。

回去后，徐心明显疏远了善哥。两人约会的时间少了，晚上相聚的时间也少了，这个四川女孩用家乡话接电话的次数却多了。

2004年的中秋节，徐心找到善哥，幽幽地说：“我要回家乡一趟，过一段时间再回来。”她语气中有些不舍。

善哥问：“你什么时候回来？我去接你。”

“快的话，十天半个月就回来。”徐心说道。

善哥抱紧她，说：“你可不能不回来呀。”

徐心用力点了点头。

然而这位四川女孩食言了，她再也不回来了。她的同乡捎话给善哥，说徐心回到家乡县城，父母给她介绍了工作稳定的男人。对方有10万元彩礼，还承诺会供她的弟弟继续念书，给她的哥哥5万元钱治病。善哥什么也没有，徐心在外面漂泊够了，累了，想回家了。

听到徐心同乡的话，善哥呆在原地，强忍着泪水，他不知道自己是怎么回去的。善哥说：“多年以后，我才理解她的选择是对的，我在这里打工能带给她什么，又能给她家里带去什么呢？我当时连彩礼都没有呀。”

2005年春节，善哥拒绝了老板的挽留，背起行囊回到了村里。

2006年3月，细雨蒙蒙的日子，善哥结婚了，新婚妻子也是返乡务工人员，两个在外漂泊的人，都体会过在城市打拼的辛酸，最终走到了一起。

善哥说：“本地老婆好，至少她跑了，我也能把她追回来……”

嫂子说：“他要是欺负我，我就叫亲戚来给我撑腰。”

2009年夏天，善哥的大儿子出生。2011年年底，善哥又添一子。

现在的善哥，生活无忧，偶尔独酌，醉眼蒙胧之时，他便唱起流行歌曲《广东爱情故事》：“人在广东已经漂泊十年……”

献 哥

见到献哥时，他正躺在医院的病床上，豆大的汗珠从额头滴了下来。他患上了腰椎间盘突出，这几天疼痛又发作了，那股子疼劲儿顶上来的时候，他连想死的心都有，就像千万把刀子捅在身体同一个地方。献哥只能垫着棉被躺着，这样才能减轻疼痛。

我去医院看他的时候，他说："又得耽误几天的买卖了，蔬菜摊位的租金又白交了。"

献哥生于1986年，在家族兄弟中排行第二十一，我叫他二十一哥。

说到献哥，就不能不说他的父亲。献哥的父亲叫忠安，属于安字辈，我叫他十伯。十伯是一名退伍军人，曾经是老侦察兵，参加过对越自卫反击战。在对越自卫反击战打响的前半年，他被派往前线。他带领着几个战友，抓了三个战俘回来。后来，十伯因作战英勇，被授予了"战斗英雄"称号。十伯退伍的时候，组织上想安排他到县公安局工作，他考虑再三，还是放弃了，后来他被安排在县百货公司，负责采购工作。

村里的孩子都把献哥叫作"百货仔"，因为他家里什么都有，他的穿戴也很时髦，这多亏了十伯的经商头脑。20世纪80年代，十伯就跑到广东、上海等地，采购服装、鞋帽、家电，以及其他生活用品。

时隔多年，十伯才告诉我，当年他采购的时候厂商会给试用品，所以他就拿回来自己用了。

1997年，献哥11岁。改革开放给灵山县城带来活力，政府主导道路修建、房地产开发建设等项目，很多务工的人，都聚集在灵山县城。灵城镇的人也多了起来，从前无人问津的六峰山，开始吸引越来越多的游客前来，晚上8点以后，很多青年男女都来爬山，这里是他们谈天说地的好地方。

看着逐渐热闹的县城和乡镇，十伯的经商头脑就显现出来了。那时候，灵城镇的饭店少，他寻思着，在百货公司干，领的是固定工资，况且百货公司越来越不景气，不如自己开个饭店，也许会有更多赚头。十伯娘是个“钱精”，一听十伯说能赚钱，她眼里就冒出绿光。

十伯与十伯娘商量：“中午，你来炒菜，晚上我下班了，就由我来炒。你就负责买菜、洗菜、切菜。咱们那对儿女，就负责收碗、洗碗。这样，我们就不用请外人了，也没什么成本。”

十伯娘一听，发现一家人各尽其能就能开个饭店，何乐而不为。

十伯知道，开饭店一定要用好的菜品留住顾客的心。顾客引进来容易，留住却很难，要想留住顾客，就要从菜的品质下功夫，从菜的味道下功夫。

十伯认为只要一家人心往一处想，劲往一处使，就能实现这个目标。在准备了三个月后，十伯的饭店开张了，顾客日益增多，有

不少还成了回头客。

有一年清明节，在参加完祭祖拜山后，我和十伯、献哥边喝酒边聊天。十伯谈起了自己退伍后回到村里的一些经历。

1988年，我们村和邻村发生山林纠纷。两个村的村长召集了一帮人，到山林中争执对峙。十伯听到消息，就赶忙从灵城镇赶回鸦鹊塘村。当他知道事态的严重性之后，就换上了一套军装，一阵小跑来到双方村民聚集的地方。他先把本村的村长拉到一边，然后又跑到邻村村长的面前。邻村村长的身边站着两个牛高马大的年轻人，他们正恶狠狠地盯着十伯。十伯毫无惧色，对这两个年轻人说："你们赶紧让开，要是出了人命，你们都得负责。"或许是对十伯威严的语气有些害怕，又或许是担心真的会出人命，那两个年轻人识趣地让开了。然后，十伯就从容地与邻村村长谈话。其实他也没有说太多，就是告诉那位村长："有事好商量，我们村的人，我劝回去，你们村的人，你劝回去，如果你不劝，我就请县里武装部的人来劝。"十伯这么一说，一场原本要爆发的冲突，就这样被他给化解了。这是十伯颇为自豪的一件事。

聊着聊着，十伯的目光黯淡了下来，他垂下脑袋，双手捂着脸，带着哭腔对献哥说："是我误了你呀，我现在想哭都哭不出来。当年，如果不开这个饭店，你就能专心好好读书，考上县城最好的高中，之后再考上大学，或许你下半辈子就不用那么劳碌了。"

献哥听了之后笑笑，他说："世上哪有后悔药，也没有十全十美的事情。我这辈子也许就是这样过了吧。"

十伯和家里人开了4年饭店之后，镇上的饭店开始增多了。后来，十伯的饭店生意一天不如一天，他就把饭店转让出去，在平山镇买了一块100平方米的地。

献哥初中毕业后，十伯就让他去读职业高中。

2001年，15岁的献哥进入灵山第三职业高中，学的是农机修理专业。这个学校的主要生源是考不上普通高中的学生，这里的学生很多都不爱学习，他们抽烟、喝酒、打架、逃课、通宵上网。

献哥在学校迷上了电脑游戏。他喜欢通宵上网玩游戏，因为晚上这个时间段上网收费便宜，还无人打扰，只要第二天补个觉就可以了。每当献哥补觉时，他的舍友们都已经出去了，他一个人睡觉安逸得很。

三年后，献哥顺利拿到了毕业证。尽管村里的很多同龄人都已经去广东打工，但十伯想让献哥留在身边，毕竟献哥是他唯一的儿子。于是，十伯找到了他曾经的老战友。十伯的老战友在钦州做工程施工，献哥可以到他那里开挖掘机。

“阿献，愿不愿意去？”十伯问献哥。

献哥心中窃喜，他心里想：从小到大，父亲管教甚严，只要能离父亲远一点，做什么他都愿意。

献哥来到了钦州。在十伯老战友的安排下，他拜了师傅。师傅安排他检查挖掘机的机油、液压油，教他怎么给挖掘机打黄油，还给他讲解挖掘机的操作方法。除了这些业务工作，献哥下班以后，还要给师傅打饭、洗衣服。

献哥的学徒期是三个月，每月工资800元。献哥白天学习挖掘机的操作方式，晚上就偷偷去看师傅实际操作。就这样，不到两个

月，他就把开挖掘机的技巧全学会了。从此，献哥就开始独立开挖掘机。只要他一进入驾驶室坐下，便是雷打不动地在里面待五个小时，有时候要到天黑才能停下休息。献哥整天双手握着两个操作杆，眼睛注视着前方。一天下来，他感觉手已经失去知觉，脑袋也不灵光了。过了两年，献哥身体不适到医院检查，才发现自己已经患上了腰椎间盘突出。

有一天，大师傅接到老板电话，老板要安排他们去拆除一栋违法建筑。

大师傅便对献哥说第二天要戴好安全帽再出发，他把“要戴安全帽”强调了三遍。

拆除现场烟尘四起，响声巨大。附近的各个交通要道站满了执法人员，现场还拉起了警戒线。献哥踏进挖掘机驾驶室，心中忐忑不安。其他工人已经把楼房拆得差不多了，只剩下四堵墙。他有点上战场的感觉，战战兢兢，手脚也不利索。一开始献哥操作得还算顺利，却不曾想，在他把挖掘机开到房子边上的时候，“砰”的一声巨响，一块大石头砸在驾驶室顶部，又掉到了挖掘机的履带上。这下把献哥惊出一身冷汗。他在心中暗暗祈祷：老祖宗啊，保佑我安全回家吧。

好在最后他们还是把那栋违建的楼房拆除了，献哥回来见着大师傅，什么话也没有说。他想，总不能只蹲在2平方米的驾驶室里过一生吧。于是，他以回家乡找中医治疗腰椎间盘突出为借口，炒了老板鱿鱼，之后又转道去了南宁做餐饮。不久，十伯娘开始逼婚了，献哥无奈之下回到村里结了婚，生了孩子。之后他又迫于生计，开始在镇上卖菜。

献哥躺在病床上，对我说："老弟，有空到镇上找我喝酒，村子里的人越来越少，很多人都把小孩接出去了，过两年，我也要把我女儿接出去。"我拉着献哥的手，说："哥，这么多哥哥，有的在南宁，有的在广州，有的在深圳，还有的在灵山县城，只有你离我最近，咱们要相互关照。你的菜摊就先放着吧，租金要不了几个钱，养好身体才是最重要的。"

我

我就是我，不一样的烟火。

我是1989年12月出生的，是“80后”兄弟中最小的一位。

我的父亲在家族同辈里是最小的一个，我也一样。

我的年龄虽小，但却是村里水性最好的。村里的人说我是水命。

我7岁便会游泳，8岁就可以躺在水上睡觉。10岁时，其他人打鱼都拿着渔网，我却什么也不带，直接把船划到东湖的中心岛上，就一个猛扎钻进水里。我在水下追逐鱼群，不一会儿就可以左手抓一条，右手捏一条。有一次我抓到一条七八斤重的大草鱼，惊动全村。村里人说，这小子是水命，没错的。

不过，我也经历过一次溺水劫难，是酒鬼七把我从鬼门关拉了回来。

2004年，我15岁。那年我辍学了。我本来想跟着英姐、善哥去广州打工，无奈年龄太小，家里不给去。我只能跟着四叔外出捕鱼。多年的捕鱼生活，使四叔的身体强壮结实。四叔经常上身穿一件绿色背心，下身穿肥大的短裤，脚踏一双拖鞋。他的肌肉黑里透红，人显得精神抖擞。他的声音洪亮，常常未见其人，先闻其声。

我和四叔捕了一年的鱼。酒鬼七也跟着四叔干，后来他自己单干，我就跟着酒鬼七，毕竟他救过我的命。

酒鬼七除了爱喝酒，捕鱼还是有一套的，他会看“鱼流”。他站在船头朝水库看去，就能看见鱼群在哪儿，还知道是什么鱼，数量有多少。他会根据当天鱼的活动情况，选择放网的地方，每次都能捕到很多鱼。还有人传得更神乎，说酒鬼七没有上船，就能预测哪天鱼多，哪天鱼少，还能预测哪天的鱼会流动到哪里。

很可惜，我没有学会看“鱼流”的本事。

跟着酒鬼七捕鱼几年后，我去了广东，投奔了英姐，当了服务员。后来，我又进了大头九所在的瓷砖工厂打工，但这份工作做得始终不是很顺利。村里跟我同姓的勇哥是在百色市开修车厂的，他觉得我东奔西跑，不正经做事，还不如学个手艺，就把我带到他的厂里。

就这样，我在百色市待了两年。2010年清明节前的三周，村里的QQ群格外热闹，大家都在讨论祭拜老祖宗的日子怎么定，每户出多少钱，安排多少人。讨论到出钱时，我们这一个家族的兄弟们都说没问题，可是问到安排多少人去祭祖时，大家却鸦雀无声。

聊天就怕突然沉默，如同乐曲即将推向高潮，却又戛然而止。

我觉得，不是他们不想去，而是他们根本无法抽出两三天时间专程回去一趟。

勇哥看到家族兄弟们的这个窘境，十分难受，他坐立不安，如热锅上的蚂蚁。他想着，自己回去吧，修理厂又离不开他，不回吧，也不好交代。“哎，我好久都没有在祠堂上香了，也好久没有

修整老祖宗的坟头了，以后会不会把老祖宗都忘记了？”他话语里有些悲凉。

我一听，就想起当年自己游泳时差点被淹死的那种窒息感。我说：“哥，我代表我们这一个家族回去吧。”

勇哥点点头。

厚　土

或许是在外地的经历不那么令人愉快，让村子里那些被遗忘的时光又在我脑海里浮现出来，我在村子里度过了童年、少年和青年时光，村子里住着我的父亲、母亲，住着看我长大的叔叔、婶婶，狮子岭山头还住着我的阿公、阿奶，以及那些老祖宗们。

回到村子里，我的记忆之门也被打开，我仿佛从一场睡梦中醒来，发觉外面的世界不太真实，而狮子岭的山和水，才让人感到格外的真实和宁静。

参加完家族里的集体祭拜后，我给勇哥发了短信：“哥，我不回你那儿了，我留在村里，觉得更踏实。”

“老弟，你不是埋怨我吧，我这里虽然钱少，可还算是一门手艺。”勇哥马上回复道。

“哥，这几年我兜兜转转，见过不少兄弟四处打拼。善哥适应不了外面，回村建房了；九哥也快回来了；酒鬼七在村里捕鱼，有酒为伴，每天都很快乐。人各有命，外面的社会终究是属于勇哥你这样有本事的。像我，半点本事也没有，留在城市也混不开。村子滋养了我的生命，温暖了我的梦境，所以我想留在村里。这样以后你也不用担心祭拜祖坟的事情了。有我在，我这辈子都会去做的，直到自己做不动为止。”我在短信里回复勇哥，最后，我对他说：“村子都是你我的厚土，因为祖宗在这里……”

勇哥回复：“以后我也会回去的。”

谋生

我知道，在村里仅有田地是没有办法养活家里所有人的，更没办法让我娶上老婆。

怎么办？

我留在村子还得想办法挣钱！

我开始进行各种尝试。捕鱼，来钱太慢；卖菜，献哥已捷足先登；搞小卖部，也是和善哥抢生意；开汽车修理厂，灵山县的市场也不够大。看来我只能搞建筑了。

要做这行，我得找师傅领进门呀。于是我厚着脸皮，提上两瓶茅台酒去找猴六。猴六是另外一个家族的赖家人，猴六从小就很精瘦，他的身高有1.7米，留着一个板寸头。猴六之前在广东做建筑工人，后来村里越来越多的人要建房，他就干脆自己回来做起小包工头，还拉来几个人，把附近村的建筑活都承包了。

我见到他，把两瓶酒递给他，客气地说：“六哥，我想试试建筑这个行业。”

猴六接过酒，说：“都是自家兄弟，还这么客气，明天你跟我到镇里开工，90元一天，去不去？”

“当然要去，谢谢六哥。”我赶紧答应道。就这样，我跟着猴六开工。从挖地基到砌墙，从安装水电到刮腻子粉，我都一一学习，找到施工技术的要点，然后加以改进，这些技术渐渐都成了我的

手艺。

十伯的指标房准备装修，他认为我处事还算本分，就想交给我来装修。我说：“十伯平时对侄子那么关照，装修房子这事就交给我吧。你出材料费就行。”我拍着胸脯说道。

十伯的房子有70多平方米，不大，他要求简约装修，不弄吊顶，不搞电视墙，只弄一些水电和防盗网，不久我就帮他装修好了。2011年开始，县城的房地产也开始升温，村里有人走在前列，到县城去买房。

十伯开始把我推荐给他的亲朋好友，一个小区100多户业主，十伯就给我介绍了5户。

人手不够，怎么办？我想了想，这个时候还是得找自己人。于是我找到猴六，让他帮忙找人，猴六一口答应了下来。

于是，在小区业主们的期待中，在嘈杂的切割机和电锤声中，我把接到的装修任务一点点完成了。

其他业主看到这几户新装修好的房子后，就打听了价格，得知比市场价便宜四分之一，觉得很满意，就问我：“小伙子，你这装修多少钱？”

“都是自家人，我伯父也住在这个小区，看他的面子，给你们打折。”我搬出十伯的名号来，假装不经意地说道。

“原来是忠安（十伯）的侄子，信得过！”小区的业主肯定地说道。

最后，这个小区又有8户业主决定请我负责他们家的装修。

半年后的一天，我望着就要大功告成的装修成果，松了口气，将充电板拔了下来，对几个兄弟说："兄弟们，今天就做到这里吧。"

他们应声道："嗯，再用三天，刮完腻子粉，把门装上，这套房的装修就差不多了。"

我算了算，这大半年来做装修的利润还可以，这应该算是我的第一桶金。

之后，我送了两瓶酒、两条烟给十伯，十伯高兴地说："按你现在的手艺，可以找人和你一起做了。"

2016年中秋，从事吊车生意的堂叔程安回到村里，他拉着我参加一场聚会，他说来聚会的都是大老板。酒后，堂叔拍着胸脯说他可以让我成为某某装修公司的合作伙伴，我听后顿时喜上眉梢。

我心想：合作伙伴？这年头，在城里做装修的，都是请装修公司的，可是装修公司绝大多数都是私下同几个包工头合作，由包工头安排施工，完成装修公司对外承接的活儿。谁不知道！

堂叔说："今晚你先和装修公司的老板认识。"他还提醒我，装修公司的最终目标是通过提供装修服务来促进建材产品的销售，这才是他们的主营收入。

没想到，自己居然也有机会成为装修公司的合作伙伴，我有点不敢相信。

堂叔果然守信，吃饭时，他拉着我去敬酒。堂叔对装修公司老板说："这是我的侄子，还请多多关照。我敬你一杯，祝生意兴隆。"

我紧接着说："老板，以后劳烦多多关照小弟。"说完我一饮而尽，"下周我摆一桌，请您赏光。"我补充道。

"好说，好说。"装修公司老板此时已醉意熏熏，堂叔暗示我送

个红包给这个老板，可我犹豫再三，觉得这么做不太妥，我更希望能凭人品和实力证明自己。

“我听说他老婆想去巴厘岛玩玩。”堂叔和我说。

“我明白了，我把他们一家人都安排好。”我打定了主意。

我联系了旅行社的朋友给这个老板安排了丰富的行程，当他们一家人出发去巴厘岛时，我又特意去帮他们扛行李，送他们去机场，替他们办理登机手续。

装修公司老板和他的家人从巴厘岛回来后，他就跟我说，让我成为他们公司的合作伙伴。这样一来，我接下来要做的就只有一件事情了，那就是挣钱、挣钱、挣钱！我几乎把所有的精力都投入在工作上。

两年后，我在村里建了两层的新房。

又过了一年，我在县城买了套120平方米的房子，可是我没有搬过去。于我而言，现在在村里的湖边住着，感受清风徐来，闻着稻花香，很是惬意。

逐风梦华

| 三十二叔和他的儿子

2010年12月，又是一个阴霾天气，十七哥一直在跟我侃侃而谈，谈到最后他告诉我，浩子哥走了。

我觉得有些不可思议，浩子哥才刚过而立之年，怎么会走得如此突然。

浩子哥生于20世纪70年代中期。他在村里兄弟中挺受关注，这得益于他的父亲，也就是三十二叔。

在长辈中，那个年代，能从村子里走出去的，有四个人，他们是我的二伯、三伯、十伯和三十二叔。二伯当兵后因响应国家号召，参加“枝柳铁路”建设做了国家工人。三伯也是去当兵，然后转业到了百色，之后又与村中的妻子离婚，成了村中的“陈世美”。十伯也出去当过兵，但后来他还是回到了村里。

三十二叔则有走西口谋生的冲动。水库建起后，村里的土地变少了。三十二叔心想：与其在家饿肚子，不如出去“卖命”算了。

有一年，合山矿务局招工的消息传到村里，三十二叔拉上几位堂兄弟，划着船到乡里报名。

他对招工人员说：“只要给我机会，我一定不会让你们失望。”

矿务局的招工人员最终留下了他们。

第二天，三十二叔匆匆拜别母亲，就义无反顾地离开了生他养他的村子，去到了合山矿务局。

直到今天，我才对合山矿务局有所了解。民国时期，英国工程师在合山勘探后认为，那里的煤炭储量只有40万吨。后来广东潮州籍的工程师又花了三个月的时间勘探，发现那里的煤层厚达6米，煤炭储量达6.8亿吨，按日产千吨计可采70年。后来李宗仁把合山煤矿收回官办。1937年1月，李宗仁召集省政府有关部门人员商议，议定合山煤矿改为官民合营，注册资本为国币440万元，股份各占一半。“合山煤矿有限公司”更名为“合山煤矿股份两合公司”，随后合山煤矿的开采进入了第一个黄金期。1941年9月，公司修筑的广西第一条铁路——来（宾）合（山）轻便铁路（1米轨距）全线通车。1944年，合山煤矿已由一个矿场发展到合山、大隆、里兰、河里、东矿五个矿场，月均产煤量达8000吨，规模为当时湘粤黔桂之最。合山煤矿重组带来的巨大财富是对新桂系军阀的有力支持。到了1948年，已是国民政府副总统、代总统的李宗仁，专为煤矿公司改组十周年题了词，这说明了合山煤矿在他心目中的地位。

合山，给予了三十二叔生命的意义。刚开始他对挖煤不甚了解，对他来说，只要在这里有饭吃，不用饿肚子，就够了。

与三十二叔一起到合山煤矿的同村人还有梁家八叔。他说：“合山煤矿特别大，这里有学校，有医院，有商场，有电影院，简直是应有尽有，一应俱全，矿场的面积超过咱们的灵山县城。”梁家八叔告诉我，他和三十二叔被安排下井工作。之后，他才知道，下井是“下地狱”，选矿是“在人间”。矿井的周边，挂着下井的工作服，有的工作服还滴着从井下带上来的泥浆水。

梁家八叔后来逃回了村里。因为他每次下井都担惊受怕，如同孤零零地行走在狮子岭山上的乱坟岗。三十二叔则不以为然，他下

井时面无表情，他不怕死，也命大。有一次矿场进行井下爆破后，要安排工人清理哑炮，别人不敢去，他偏偏冲上前，所幸没遇到危险。但第二天，其他工友去清理哑炮时，却被死神带走了性命。

相比之下，梁家八叔逃回村里后，就在几分田地里刨食，现在还是孤苦伶仃一个人……

三十二叔则不同，他1972年到合山煤矿，两年后便娶上了老婆。

1975年，浩子哥出生。我认为他是含着金钥匙出生的。因为他爹赚了钱，他家条件比我们好太多：我们吃不饱时，他大碗米饭随便吃；我们吃不上肉时，他们家的肉已是家常便饭；我们没有鞋子穿时，他的鞋子却样式齐全……

当时，我就想，我要是能有像三十二叔这样的爸爸就好了。

梁家八叔回村后，三十二叔很少与他往来。实在避不开，三十二叔就寒暄一下，问他吃了没有，然后就走开了。

梁家八叔叹气道："或许是因为我太明白他这种优渥的生活怎么来的了。他现在的境遇，都是拿命换回来的。"

三十二叔牛气十足，20世纪80年代中期，他每月寄回来的钱就有100元。

村里的女人看到票据后，都惊讶得下巴差点掉在地上。

跟着三十二婶一起赶圩的女人日益增多，但她却不敢挥霍，她知道，这是老公的血汗钱。

当时100元钱可不得了。二伯在南宁做机械工人，每月寄回来的钱只有10元，只是三十二叔的十分之一。春节时，还是小孩子的我们自然愿意到三十二叔家拜年，我血缘近些，每年都会拿到2元的红包，这可是一大笔收入，而二伯出手稍显寒碜，才给了我2角的红包。

当时三十二叔还对二伯说：“二哥，你也去我那里干活吧，保证让你的生活大变样。”

二伯却有些不屑道：“你那里的煤能挖一辈子？你就吹吧。”

结果，两人不欢而散。

1989年夏天，三十二叔在晒谷场摆了32桌酒席。他宴请了村中的兄弟。几杯小酒下肚，他涨红着脸，说：“我今天……摆32桌酒，很高兴能请到大家，今后我要把户口都迁到合山，做个城市人，不用再跟你们……抢那点水田和土地了。你们一个个当初瞧不起我，我今天混出人样了，那煤层就是我的水田，那矿场就是我的土地，我三十二死也要死在那里。那个怕死的老八，他偷偷跑回来，我就瞧不起他。明天，我就把老婆孩子都带走。”他说得斩钉截铁。

母亲告诉我，她当时看到三十二叔在饭后落泪了。

在那时，能把户口迁出农村，是很有本事的。母亲说，三十二叔是因为工作的年限够了，就可以把户口迁出去了。

那年，浩子哥14岁，刚读初一。浩子哥很瘦，肩膀如同一个大衣架，衬衣套在身上显得空荡荡的，仿佛从东湖吹来的风都能把他刮倒。

浩子哥不喜欢惹事，他到六湖水村读小学的时候，就安安静静的，没跟人干过架；他跟着三十二婶赶圩时，也不吵不闹；他跟堂

弟们在一起时，还会把酸梅粉、奶糖等零食拿给大家。

他和家族里辈分比他大的勇哥说："勇叔，我不想去合山。"

勇哥说："我也不希望你去。可是你爸爸决定的事情，谁又能改变得了呢?"勇哥知道，这个侄子去到合山生活，并不会那么容易适应。

两天后，浩子哥还是跟着父母，以及两个妹妹离开了村里。他做梦也没想到，自己会离开这个从小生活的地方，他更没想到，自己此去再无归期。

1990年春节，三十二婶回村办理户口。母亲碰到她之后回来说："你婶不是很高兴，她觉得浩子不是很合群，浩子的同学认为他是插班生，是从农村来的，还嘲笑他不会说桂柳话，普通话也不会说，说他应该回到农村去，大家都看不起他。"

"总会慢慢适应的，浩子那么乖巧。"母亲安慰三十二婶。

"他屁都不敢放一个，以后准吃大亏。"三十二婶几乎要哭出来。

浩子哥只会讲客家话和灵山白话，普通话或桂柳话说得很不标准。当他开口读书的时候，就如同滥竽充数的南郭先生一样，很容易被辨认出是从村里来的。合山是一座充斥着外地人的城市，街头巷尾到处都是来自五湖四海、行色匆匆的人。其他同学的普通话其实也讲得参差不齐，可是，只要他们找到了可以数落的对象，就会毫不留情地攻击对方。

浩子哥知道，这里不像自己曾居住的山村，三步五步皆是亲戚，这里是一片水泥森林，稍不注意就在里面迷失了。

这样的日子说不上好，但也没到无法忍受的地步。直到一天下午，浩子哥骑着自行车，刚出学校的门口，就撞到了同学胖子的车。对方的车与众不同，是一辆山地车。胖子恼火了：“你这个家伙，想干架是不？”

浩子哥一个劲儿地道歉，说他不是故意的。

可胖子并没有放过他的意思，继续破口大骂。

浩子哥涨红了脸，进也不是，退也不是。

胖子骂了十分钟，临走时，他抛下一句话：“你，从哪儿来，就滚回哪儿去吧！”浩子哥默不作声，一股悲愤涌上心头。

很多天后，浩子哥仍会想起那胖子的话，想起对方极端冷漠地一瞥，这让他很难受。他知道班里的人都瞧不起他，因为他是从农村来的，成绩也不好，班主任好几次想把他调到其他班级，最后都是因为校长没有同意才作罢。

浩子哥说，每次他下晚自习，沿着街道慢慢走回家，都觉得内心压抑，耳朵里仿佛传来狮子岭上乌鸦的叫声。

1991年，17岁的浩子哥不再读书，三十二叔虽然不想让他下井挖煤，可又不能让他游手好闲，因此还是托关系让浩子哥到矿场下井去了。

转眼浩子哥在矿场干了一个多月，上班时间由中班转成了晚班。他每天晚上11点上班，第二天早上7点下班。浩子哥每天晚上睡意沉沉地下井，干上一个通宵，直到太阳升起时才上井，然后去洗澡吃饭，躺下睡觉。一觉醒来，往往又到黄昏。浩子哥说，他每天过得浑浑噩噩的，像一只昏头昏脑的土拨鼠。

三个月后，浩子哥特意用热水狠狠地洗了把脸。他把脸都搓疼

了，一照镜子，脸上依然灰扑扑的，煤尘都渗进了他的毛孔里。他受不了这种拿命相搏的工作，他也缺乏这种勇气。他说："爸，我还要留着这条命给您养老送终呢，这活我不干了。"

三十二叔有些诧异，他垂下头，同意了浩子哥的决定。

1995年6月，浩子哥来到了二伯家。

此时的浩子哥，话更少了。

那天的晚餐，二伯做了几个拿手菜：五花肉炒青椒、莲藕排骨汤、白切鸡，浩子哥吞了吞口水，这些肉菜对他来说似乎是太久远的记忆了。莲婶夹起一块排骨，放到他的碗里。他埋着头，吃得津津有味。

饭后，浩子哥单独找到二伯，说："二伯，这是我父亲给您写的信。"他从口袋里把信拿了出来，又把信纸抚平，递给二伯。

二伯将信递给他的儿子勇哥，说："十三（勇哥），你念给我听。"

"二哥，见信好，我是你的小弟。最近我们单位效益不是很好，煤矿没那么好挖，工资倒还正常发放，只是我的肝病又发作了，身体不太好，我老婆也住院了一周。想当年，我靠着挖煤走出鸦鹊塘村，迈出狮子岭，摆脱自己贫穷的命运，并把儿子的户口迁出，让他成为一个城市人。我还不知天高地厚地看不起大哥你，以为自己比你有能耐，比你厉害。现在看来，真正有能耐的都往南宁跑，听说不少村里人还在你儿子的修车厂上班。如今我唯一不放心的就是我那个不成器的儿子，他虽然不给我惹事，可是也一事无成。我把他送下井去挖煤，他又不愿意挖。万般无奈，我只能把他送到南宁读书，是个中专，已经读了近两年……写这封信给二哥，是请二哥看在兄弟的情分上，每逢周末让浩子到你家住两天，补补身子。费用还劳烦二哥先垫着，过后我手头宽裕时，我再将钱还给你。小弟在此谢过。”

二伯对浩子哥说：“浩子，不就是多一双筷子的事情吗？你每周放假就到我们家里来，从今天开始，这里就是你的家。”

浩子哥轻咬着嘴唇，用力地点点头。

1996年7月初，浩子哥毕业。他来到二伯家，敲了敲门，然后轻轻把门推开，见到了二伯。

“二伯，我毕业了，毕业证没有拿到。过两天学校就让我们离开了。”浩子哥说。

“要不要在我们家里住？家里有床位。”二伯说道。

“二伯，我妈最近身体不好，病情有点儿严重，父亲那边也要人照顾，我先回合山吧。可是……”浩子哥欲言又止。

二伯一听就明白了浩子哥的意思。

“我给你500元钱，100元是路费，其他的是给你爸调养身体的。跟你爸说，他身体不好，就回老家养养，村里山好水好，养人。”二伯说完就把钱递给了浩子哥。浩子哥道谢后，离开了南宁。

半年后，二伯回村，听到消息，得知浩子哥的母亲去世了。二伯边摇头，边叹气。

2000年9月，三十二叔也走了。临走之前，他说：“我要留在合山。”浩子哥遵从了他的遗愿……

后来，浩子哥的两个妹妹分别于2002年和2004年嫁了出去，

家里便没有人照顾他了。他无所寄托，浑噩度日。2010年12月，浩子哥也走了。

十七哥说，他是饿死的！

华哥是村中为数不多的公务员。他分析了浩子哥的情况，说："德国心理学家K・勒温提出了'边缘人'这一概念，概念指出从乡村到城市或从城市到农村的人都属于'边缘人'之列。人作为一个独立的个体，是一种社会性的动物，渴望被认同，渴望被接纳，渴望融入大团体，渴望成为社会的中坚力量，然而有时候付出努力却收获甚微，付出感情却无所获得。浩子哥就如同悬置于空中的物体，不能上升和落下，他兀自沉溺于自身的困境，不去改变自己适应社会，结局注定是悲惨的。"

| 八　姐

八姐是一个苦命的孩子。

八姐生于1978年，她是家族同辈中排行第八的女孩，因此也被长辈们叫作“八妹”。

她是我堂姐，她在自己家是老大，她还有两个亲弟弟。大的叫阿勇，也就是我的勇哥；小的叫阿文。八姐比阿勇大3岁，比阿文大7岁。

在八姐小时候，她的母亲莲婶为了挣工分，每天都要参加生产队的劳动，家里的事情都照顾不上。八姐的父亲则被抽调去参加枝柳铁路的建设。八姐每天不仅要扫地、刷碗、喂猪，还要照看两个弟弟。弟弟们渴了八姐就要给他们水喝，饿了就要给他们喂粥。八姐上小学时，还要背着阿文去学校读书。

为了家中能有柴火烧，八姐学会了砍柴。村后的狮子岭，是罗阳山的一部分，而罗阳山为六万大山余脉。灵山县的最高峰就在罗阳山，这里海拔869米，主峰在冬季时常有雾凇出现。狮子岭上的松木呈裸红色，枝干相连，遮天蔽日。

1988年，八姐10岁，她开始到狮子岭砍柴，然后把木柴扛到瓦窑卖。100斤干柴3元，100斤湿柴1.5元。八姐力气小，每天只

挑得60斤，卖得1.8元钱，可以买2斤肉。

其他地方有人用独轮车从山上运木柴，不用肩挑背扛，轻松得很。可是，在罗阳山，这样的独轮车是用不上的。因为山上并没有大路，小径都是靠双脚走出来的，所以八姐只能靠双肩把木柴挑出来。

入山越深，柴就越大、越多，但人也越少。为了生活，八姐只能硬着头皮走进深山。毕竟瓦窑也不是每月都需要柴火，她得抓紧时间往山的最深处走，才能砍更多的木柴，一次挑不完，她就分两次挑。八姐似乎高估了自己的体力，忘记自己才10岁，由于长期的营养不良，她整个人很瘦弱。有一天，她第二次进山挑柴时已经天黑，山路上的萤火虫忽隐忽现，风把树叶吹得沙沙作响。走过坟地时，八姐的心提到了嗓子眼，她每走几步路就回头看一眼，看看身后是否有什么异常。八姐希望母亲来找她，可她走了很长一段路，仍然没有见到母亲的身影。她开始着急，后来变成了埋怨：这么晚了，母亲也放心我一个人在这荒郊野外啊？走着走着，八姐流下了眼泪，她已经不再害怕黑暗和鬼魅，但她害怕这种没人在乎的感觉。父亲离她太远，母亲又每天为生计奔波，叔叔婶婶们更是顾不上她。她只能靠自己了。

快走到山脚时，八姐看到了远处有一束亮光。一个声音从光亮处传来："八妹，你在哪里？"

"妈，我在这里！"

喊的是哭腔，应答的也是哭腔。

八姐说，那段经历告诉她，遇到困难的时候只能靠自己，不能靠别人。要知道，八姐在娘胎里9个月时，她的父亲，也就是我的安叔，就不顾风险让她母亲莲婶自己坐上东风卡车回鸦鹊塘村待产，这样的父亲怎么能指望得上呢？

1990年，八姐12岁。莲婶在南宁做生意站稳脚跟后，把小儿子阿文接到南宁，让八姐和阿勇继续留在村里。

当时八姐已上小学，阿勇尚未入学。到了新学年开学注册的时候，八姐发现父母没能及时把学费寄回，只好向亲戚借钱。八姐不怕砍柴之苦，但却怕出入大姨的家门。

八姐不敢去找几个姑姑，她也不敢找舅舅，因为舅舅有六个儿

子，有六张嘴在等着吃饭，所以她首先想到的就是大姨。

大姨家住在浦北县乐民镇木村。八姐硬着头皮，骑着26寸的自行车前往大姨家借钱。大姨接待她吃了一餐饭，然后拿了10斤米，放在她的面前说："我们家已经很困难了，你就把这袋米拿回去吧。"八姐知道"去吧"是一种客气的说法，就是"走吧，离开吧，滚蛋吧"的意思。她一路哭着回来，埋怨命运的不公，埋怨大姨的不近人情。八姐回到家时已是晚上8点多钟。八姐心想，家里面的舅舅帮不上忙，大姨也借不了钱，母亲和父亲又在千里之外爱莫能助，那在这个社会、这个世界自己应该依靠谁呢？

二十多年后，我在南宁遇到了八姐的表姐，也就是她大姨的女儿。对方见到我后，找了一个地方单独对我说："当年我母亲实在对不起你八姐，但她也是没有办法了，那个年代大家都有难处。"

八姐初中毕业后就开始在南宁打短工，一开始，她在南宁市的一个冰棍厂工作，做了三年之后，觉得工作太累就辞职了。机缘巧合，八姐的一个工友介绍她去做保姆。那个雇主家的小孩快半岁了，家里面的保姆也换了五六个，之前的要么是懒惰，要么就是脾气不好。八姐原来不想做保姆，但她也没有更好的选择，于是就去做了。八姐会哄小孩，能把小孩喂得饱饱的。雇主看在眼里，十分满意。在八姐的精心照料下，雇主的孩子健健康康，活泼可爱。大家都夸八姐照顾得好，八姐听到后也很开心。

却不曾想，之后发生的一件事，让她的生活又发生了转变。

那天一大早，八姐骑着自行车到了雇主家。雇主的老母亲正端坐在客厅，等着八姐来。

见到八姐，老人家让八姐先坐下，然后开始满怀质疑地询问起来。

“小姑娘啊，你到我家来，我一直对你十分信任是不是？”

八姐说：“是啊，怎么啦？”

老人家接着追问：“那你想一想，你有没有什么地方辜负了我对你的信任？”

八姐纳闷道：“没有啊，怎么啦？”

老人家又强调说：“小姑娘，你不要这么轻率地回答，你最好仔细想一想再回答我。”

八姐急着说：“大奶奶，究竟发生了什么，您快点告诉我吧。”

老人家决定直接问个究竟：“小姑娘，我想问你一件事，你要如实回答。”

八姐说：“只要我知道，我保证如实回答。”

老人家两眼直勾勾地盯着八姐说：“那好，我问你，我床头柜上有一个钱包，里面装有2000元钱，那是我准备给老家一个亲人的，你带小孩的时候看见那个钱包了吗？”

噢，原来是丢钱了，2000元钱呢，这可怎么办呢？八姐心想，做保姆的最怕就是碰见这种事，说不清道不明。

八姐说：“哎呀，这2000元钱不是小事，我虽然穷，但是我可没有拿过啊。”

老人家坚持说：“我从银行取钱回来就把钱包放在床头柜上，一直没有动过。”

八姐知道老人家在怀疑她偷了钱，她想哭出来，可是哭出来却显得自己懦弱无助，关键是先解决问题，让自己不要被冤枉。她态

度强硬地说："我再缺钱也不会拿别人的钱。您不能这样没根据就怀疑我，再找找吧，或者我们一起找找？"

老人家想了想，同意了，说："那我们一起找找。"

八姐立刻跑进了卧室，翻箱倒柜地找了起来。她什么也顾不上，就想着把老人家的钱包找出来，把自己的名誉找回来。她把床垫都翻起来，甚至想把房子翻个底朝天。八姐把卧室找遍了都没有，她又到客厅去找，挪动了沙发，沙发没有；她又挪动了茶几，茶几也没有。八姐索性把整个沙发垫扯了出来。这时，一个花布钱包从垫子里掉了下来。老人家赶紧迈步过来，捡起钱包，然后拿出钱数了数，果然够数，刚好2000元。

老人家也不道歉，嘴里就嘟囔了一句："找到了就好，找到了就好。"

八姐默默地看了老人家一眼，扭头就走了。

第二天，雇主来到八姐的住处，说是老人家托他们来道歉，希望她能回去继续干，还说可以给她补偿。

八姐却说："我不会再回去了，我不会再去你们家干活了。"

莲婶知道后，劝她说："哎呀，人家都跟你道歉了，也让你回去继续干，老太太是好人，你不能这么计较。"

八姐说："我不想跟别人计较，但我得跟自己计较，我缺钱不假，但我也不能这样糟践自己，让别人轻易怀疑。"

2014年，我来到南宁，在八姐开的杂货店里，我再次见到了她。她梳着一个马尾辫，瓜子脸圆润了不少，她肩上挎着一个小布包，颇有老板娘的气势。八姐开的杂货店有20多平方米，柜台上摆放着收款标志。无论是油盐酱醋，还是零食酒水，店里的各种生活用品都应有尽有，店面两侧还摆放着两台大冰柜，店门外还有两台供小孩坐的摇摇车。

八姐看到我，说："今天见到小弟，感觉格外亲切。"

八姐告诉我，2006年，她认识了现在的老公。

八姐的老公是个司机，长期在外跑大货车，每年收入有10多万元。婚后两年，两人生活过得还算不错。2008年，八姐生了个儿子。不料有一天，姐夫突然感觉手麻脚麻，就去医院检查，结果发现血糖比较高，应是患上了糖尿病。八姐瞪大眼睛，一接过化验单便用手直接撕了。她不相信，老公不到40岁，怎么就患上了老年人才得的病呢？她又陪同老公去另一家医院再次检查，结果医生诊断还是这个病。这一次确诊结果一出，八姐就瘫在了地上。

八姐说："一开始我还觉得自己幸运，哪里知道还是自己命不好，家里的顶梁柱就这么倒了。哎，我是个苦命人，今后的生活我只能靠自己了。毕竟咱们也是从罗阳山走出来的人，有什么苦还吃不了，有什么坎还跨不过呢？"

听八姐这么一说，我由衷地佩服她，佩服她的坚韧。我知道，是曾经经历的苦难锻造了她的这种性格。

"姐夫生病之后，你和小孩子怎么办？"我问道。

八姐告诉我，一开始，她去当了服务员，然而她觉得干服务员是吃青春饭，干不长久。

于是，八姐就在南宁市江南区沙井村着手建房子。她认为这里靠近华南城，务工的人员也很多，只要把房子建起来，就能租出

去，收入总是有的。于是八姐拿出5万元积蓄，又从弟弟阿勇那里借了5万元，就在沙井村建起了一栋四层小楼，每层楼4个单间，家电配套齐全。由于房租价格合理，八姐的房子很快就全部租出去了。后来，八姐还在村里的鱼塘后方建了猪栏。猪栏建好后，她就出租给别人养猪，她自己并不养。这样一来，八姐就有了比较好的收入，而且也不用太辛苦。

八姐说："在城市里的生活虽然艰辛，但现在我也不能回以前的村子生活了，也不想回去了。"

| 勇　哥

自从勇哥小学毕业后，我就很久没有见过他。后来，我才渐渐听到一些他的消息。村里人说，勇哥去了南宁，和他爸妈生活在一起。

勇哥给大家留下印象最深的，是他的经历。

勇哥姓赖，在家族同辈里排行第十三。出生的时候，他的哭声比其他小孩的都大。勇哥口齿伶俐，从小就展现出过人的语言天赋，特别受到村里阿公、阿婆的怜爱，大家有好吃的水果都会拿出一些来逗他，勇哥也来者不拒，奶声奶气地道谢，惹得大家哈哈大笑。他是村里的开心果。

阿公问他："爸爸在哪里？"

"爸爸在南宁当工人，他带我去过南宁。"3岁的勇哥回答完整，不失体面。

村里人认定勇哥以后就是靠这张嘴吃饭的。

谁曾想，乖巧的勇哥在小时候就经历了人生最大的苦难。1972年，勇哥的父亲去参加"枝柳铁路"建设，一整年都和家人聚少离多，他领着国家工资，农忙时才能回来帮忙，养育小孩的担子就压到勇哥的母亲莲婶身上。莲婶每天不仅要挣工分、看牛，还要操持这个家。

这样一来，勇哥就经常无人看管。

勇哥喜欢在村子里到处走动。有一天，他走到晒谷场上，看到了从村外回来的瘸六。瘸六因为得了小儿麻痹症，所以走路一瘸一拐，村里人都喊他“瘸六”。瘸六那年19岁，因无法参加劳动，就总是到处闲逛。

“瘸六，回来了？”勇哥道。

“是十三叔啊。”瘸六没好气地说。其他人叫“瘸六”也就算了，可是就连3岁多的小孩也这么跟着喊，他心里有些不好受。

“我给你玩乒乓球吧。”瘸六说着从口袋里拿出一个白色乒乓球。乒乓球凹了一块。

“好啊，你赶紧给我吧。”勇哥特别想玩。

“我们得先把乒乓球凹进去的地方弄好，我这有打火机。”说着瘸六就把乒乓球递了过去。

勇哥赶紧接过乒乓球，小心翼翼地捧着。

瘸六拿出打火机，开始滑动，“嗤”的一声，火点着了，他对着乒乓球开始烧，眼看着球上凹进去的地方慢慢变圆了，勇哥高兴地喊道：“变圆了，可以玩了！”可是瘸六还在继续用火烧。不一会儿，乒乓球开始冒出青烟，呛得勇哥很难受，他赶紧把乒乓球一扔。不巧，燃烧的乒乓球正好落在了旁边的柴草上，火焰碰到了松木须，一瞬间就引燃了那堆柴草。火苗很快蹿了起来。

勇哥不知所措，他定定地站在那里，毕竟当时才3岁的他哪里见过这样的场面?!

“快点走开！”瘸六着急地喊道，此时他已经满头是汗。

瘸六看到火苗往勇哥这边蹿过来，赶紧一瘸一拐地跑过去，准确地说，他是跳过去的。瘸六想推倒那捆木柴，却一个踉跄，把勇哥撞个正着，一时间，燃烧的柴火压到了勇哥的左脸、左手……哭声从房子上空传了出来……

勇哥的大姐，也就是我的八姐，闻声从房间跑出来，当时八姐8岁，她迅速推开那捆燃烧的木柴，扑掉勇哥身上的火。幸好她反应快，才救出了这个家庭的希望。

勇哥的身体遭受了30%的烧伤，他先被送到乡医院，又从乡医院转到县城医院。他在医院住了九天九夜，才终于脱离了鬼门关。

勇哥虽然保住了命，但是他的左脸、左手、左腿都留下了大面积的伤疤。

莲婶埋怨上天的不公，埋怨勇哥父亲，更埋怨她自己。但她觉得好在儿子这条命还是保了下来，以后的事情再想办法解决吧。

村里的叔伯兄弟知道勇哥的情况后，都对这事避而不谈。

随着时间过去，勇哥慢慢地恢复了元气。

勇哥二年级时，要到六湖水村的小学读书，那里离家800米，虽然距离不远，可是通往学校的路却坑坑洼洼，走起来很费事。

勇哥长得很快，他身体很瘦，耐力和爆发力却很好。1991年勇哥11岁，正在读小学四年级。当时莲婶到了省城，留下八姐和勇哥在村里。八姐读初一，在乡里上中学。莲婶就拜托叔公帮忙照顾勇哥，可老人家儿孙也多，没法一一顾及。这下，勇哥就成了没人管的孩子。

靠水吃水，勇哥开始自己想办法赚生活费。他借来渔网捕鱼，

到了圩日就蹭着自行车到集市卖鱼。每次只要卖两条鱼就够他一周的生活开销了，他还可以顺便再买些油盐回来，米就不用买，家里都有。勇哥的日子过得倒不赖，他身边也聚着几个堂兄弟，只是每次逢年过节，勇哥心里总不是滋味，他觉得父母都不在身边，自己无依无靠，特别孤单。

勇哥脸上有伤疤，心里也有，听不得别人说他的脸。

六湖水村的人住得离村委很近，说话很牛气，他们看不起周边村子的人。大人牛气，小孩也跟着“狗眼看人低”，勇哥所在的鸦鹊塘村与六湖水村的争斗一直没有消停。两个村的山林之争也是常有事情。

六湖水村有个男的，姓刘，单名平，和勇哥是同班同学，也是个不爱学习的小孩，他就经常表现出瞧不起勇哥的样子。勇哥想，瞧不起就瞧不起，毕竟自己在别人的村读书，让他三分又何妨。可刘平非得惹出点事。一次体育课上，他就给勇哥起了难听的绰号。

这绰号传到勇哥的耳里，他气得一个箭步冲到刘平面前，右手一拳就打到刘平脸部，左手又一拳打到对方肚子，刘平立马倒在操场泥地里嗷嗷叫。勇哥拿起泥地的石块，一手掐着刘平的脖子，一手铆足劲正想将石块砸过去。好在上课的体育老师及时赶到，才制止了这场争斗。勇哥心中的怒火如同毒蛇一般在体内上下游动，他尝到了力量的滋味，意识到自己不能再忍气吞声，如果被别人嘲笑了，那就用拳头“回敬”对方。

接下来的一个月，勇哥都跟堂兄弟一起回村，但刘平再也不敢来招惹他了。

1993年7月，勇哥小学五年级毕业，他和八姐一起来到省城，住在父亲工作的大院里。

1993年9月，勇哥到大院附近的中学读书，他参加了校运会1500米和3000米跑的比赛，轻轻松松就拿到了第一名，获得了一本笔记本和一盏台灯的奖励。

“比赛时，其他参赛选手简直是在走路。”勇哥对莲婶说。

“别光只是体力好，学习也得加把劲呢。”莲婶笑笑，他知道儿子在农村里长大，身体结实，城里很多男孩的体力根本没办法跟他比。

勇哥知道，自己不是读书的料，他的心还在农村。没多久，他就蓄起长发，迷上游戏厅、录像厅，他还逃学，跑去扎别人的车胎，或是去勾搭漂亮女生。钱不够时，勇哥会从小个子同学那里借钱，他的胳膊很强壮，一双大手很有力，最让人害怕的，是他脸上烙下的如半轮圆月般的红色疤痕。就这样，他成为年级里最让老师头痛的人物。

阿文是勇哥的弟弟，他的性格与勇哥截然相反，阿文生性木讷，安静腼腆，半天闷不出一个屁来。勇哥被烧伤后，莲婶才下定决心生下阿文。

1995年，阿文六年级，就读于一所城中村的小学。有一天，阿文如同往常一样放学回家。

突然，阿文背后传来一个声音：“你小子慢点！”阿文回头一看，一位素昧谋面的细高个儿从后面走了过来，旁边还跟着两个男生。

“怎么了?”阿文疑惑道。

“找你借点钱!”细高个儿的口气特别蛮横。

“我没钱。”阿文答复他。

细高个儿不信，让旁边两个人架起阿文。细高个儿摸了摸阿文的口袋，没摸到钱，他又把书包翻腾一轮，还是没有。细高个儿恼了:“你小子，明天最好把钱带过来，不然有你好看!”

“明天你等着吧。”阿文打定主意，转身就走了。回到家后，阿文就把自己如何被敲诈恐吓的事情一五一十地告诉了勇哥。“这家伙，欺负到我头上来了!”勇哥听了这事后怒气满满。

“明天你先会会他，我带几个兄弟跟在后面。”勇哥拍着胸脯说。第二天下午，勇哥就带着几个兄弟来到阿文所在的小学门口。阿文从学校里出来，细高个儿就跟了上去，他扯着阿文的肩膀说:“小子，拿钱出来吧。”

“钱被另外一个大哥拿走了。”阿文逗他。

“哪个大哥?敢拿我的钱，不想活了?”细高个儿气急败坏。

“你去问他吧，他在前面的巷子里。”阿文笑了笑。

这时，一声呵斥传了过来:“你想干吗，我弟你也敢动?欺负小老弟算啥本事，有本事冲我来!”

细高个儿一听，声音有点熟悉，他说了一句:“你谁啊，敢来坏我的事情?”

“连你勇哥声音都听不出来，还敢在这里混?”

“勇……”细高个儿嗫嚅道，他又瞧见来人左脸上的疤，确认对方就是传闻中的勇哥了。

后面有人大声骂道："勇哥的名字也是你喊的？"

细高个儿软了下来，讪讪解释道："我没有欺负他，没动手呢。"勇哥毫不客气地说："钱是我收的，要拿吗？过来吧，在我拳头里。"细高个儿立马求饶："我错了，我错了，是我有眼不识勇哥和你的弟弟。"他连忙对着阿文说："我跟你开玩笑的，小老弟。"

"去，跟我老弟道歉。"勇哥瞪着细高个儿说。

细高个儿迟疑着，最后还是走到阿文面前说了声："对不起。"

勇哥又问他："有烟吗？"

细高个儿赶紧拿出烟，勇哥接过，不屑道："你就抽这种烟？"勇哥熟练地点上一支烟，朝阿文说："弟，走吧，咱们回家。"

1996年夏天，勇哥初中毕业了。那个夏天的热浪让他喘不过气来。勇哥参加完毕业考试和班级合影后就离开了，毕业证还是阿文帮领回来的。

勇哥回到了村里，他的同龄人早已去广东打工了。

莲婶不想让勇哥跑去广东，便托了个关系，让他在当地的一家汽车修理厂做学徒。1996年7月，勇哥到了修理厂，他打量了一下，这里面积约200平方米，最多能容纳10辆车，这里有七八根大铁管支撑着铁皮大棚，地面沾满机油。两位大师傅正在调试汽车，发动机的轰鸣声震耳欲聋。勇哥见到了老板马柄，马柄皮肤黝黑，驼背，身穿蓝色上衣，衣服上散发着机油和洗洁精混合的味道。

"柄哥好！"勇哥恭敬地打招呼。

"你要在我这儿干，就得先做学徒，每月300元，包吃，学徒

期6个月，每周休息半天，你要干就留下，不干就滚蛋!”马柄道。

“我做。”勇哥斩钉截铁地说。

第二天，勇哥准时到了修理厂。正好有一辆捷达小轿车正在修理，右侧车门凹了一大块，勇哥领到的第一个任务就是把车门凹的地方敲出来，勇哥找不着门道，无从下手，只能干着急。一位身材精瘦、长着尖下巴、操着一口白话口音的师傅走过来说道：“细佬，我来教你吧。修这辆车，首先要敲出来，然后要补灰，再用砂纸磨平，最后喷漆。”接着，这位师傅“咣咣咣”地敲了三锤，算是做了示范。

之后，勇哥慢慢熟悉了修理流程。他后来知道，自己做的是钣金工，是负责车辆钣金修理工作的技术工种，主要是对汽车金属外壳变形的地方进行维修，属于冷加工。勇哥是个有悟性的人，一年后，他的钣金技术接近了师傅的水平。柄哥留下了他，每月给他800元，包吃。于是，勇哥一边做钣金工，一边开始学习其他技能。他钻到车底下，反复练习调校刹车间隙。经过1个月的练习，勇哥慢慢培养出手感。2000年过完春节，他便开始四处闯荡，下防城、上宜州、出宾阳、到南宁，他去过大大小小的修理厂不下10家，人生的轨迹很快发生改变。

“我去百色市的大华修理厂做总经理，你也一起去吧，你做大师傅，底薪3000元，提成另计。”一个富有磁性的声音从电话里传来。

“您去哪儿我就去哪儿。”勇哥毫不犹豫。要他做大师傅的是杨叔，55岁，已经过了知天命的年纪。杨叔的女儿嫁给了一位澳大利亚人，女儿不在身边，杨叔就把勇哥视若己出。杨叔经常去水库钓鱼，陪他最多的人就是勇哥了。勇哥来到百色市，在大华修理厂干了三年，渐渐练就了通过“望闻问切”就能判断问题出在哪里以及怎么解决问题的本领。要做好大师傅，技术过硬是一方面，更重要的是要会做人。这家修理厂的汪队长就很喜欢勇哥，他觉得勇哥骨子里像他，遇到事情不怕事，而且动作麻利，不拘泥于章法。

“十三（勇哥），比较聪明懂事哦。”汪队长夸赞道。

汪队长和杨叔都喜欢钓鱼，勇哥得知他的三叔在三塘区承包了一个鱼塘，就带上汪队长和杨叔去那里钓鱼。每次他们钓上的鱼都能装满鱼护，偶尔钓上了10斤的大草鱼，他们就更加兴奋。汪队长去哪儿都喜欢带上勇哥，不仅去旅游时会带上他，而且回家祭祖也会让勇哥开车一起回去。

“敢不敢自己做老板？”汪队长问勇哥。

“做梦都想，我今年都30岁了，古人云：三十而立。”勇哥迫切地说道，“但主要是没有车源和场地。”

“车源可以想办法弄，场地我帮你找，股份就算你七我三，同意吗？”汪队长见他有信心，赶紧说道。

“一言为定。”勇哥答应道。

不久后，勇哥的汽车修理厂开张了，这里面积很大，能同时容纳30多台车，只要有车辆需要进行保养、维护等，都可以开到这里。勇哥很高兴，他逐渐打出自己的招牌，后来过了两个月，他又开了一家分厂，事业慢慢做大了。村子里一些亲戚的小孩也慕名去他那儿做学徒。可以说，勇哥带出了村里的一帮人。

这就是我们村勇哥的故事。

| 英 姐

英姐生于1979年，她是善哥的姐姐。英姐的父亲七伯因病去世时，她才刚满20岁，却已经工作两年了。

“出去打工要注意，不要与其他人走得太近。”英姐刚刚去打工时，母亲就特意交代她这些话。英姐应了一句：“妈，我会注意的。”英姐嘴上这么说，心里却有些迷茫。

1997年，在堂姐的介绍下，英姐与同村的姐妹来到了东莞。

英姐和我说，这么多年过去了，她依然记得自己的那段打工经历。1997年，东莞玩具厂比改革开放初期的条件好了许多，当时工人们都住集体宿舍，饭堂的饭菜也挺可口。工人们上班时排的队伍很长，但都秩序井然。那时候的玩具厂基本上是半军事化管理。大家的工作其实就是给玩具娃娃缝小裙子和衣服，工作虽然单调，但是大家都很享受，经常一边工作一边哼歌。玩具厂规模很大，产品远销国外。厂里的订单很多，所以工厂规定每人每天都要加班，星期日也不能休息。由于长时间超时加班，不少女工都病倒了。可是工厂负责人却怀疑她们在装病，还会突然到女工宿舍进行检查。这导致大家对工厂的不满情绪都很强烈。

英姐说，幸好当时工业区的领导们为工人撑腰。有一次，工业

区领导听说工厂没有热水洗澡，他们就赶过来，带着相关人员到工厂宿舍看望工人们，还让工厂补发了工人因病停工期间的工资。英姐在玩具厂干了两年，总觉得在这里打工不是很有前途，便辞职了。这时她恰好要回家照顾父亲。在村里她见到了一位表姐，对方说女孩子应该去做体面一点的工作，哪怕做服务员也比在玩具厂工作强。

英姐离开玩具厂后，经亲戚介绍，来到了广东省佛山市三水区，在一家快餐店做服务员。

20岁正是女子最靓丽的时候。英姐圆脸，白皙，睫毛长，一双明亮的大眼睛似乎会说话。英姐的到来，让那些男店员们眼前一亮，他们都想和她成为男女朋友，常常约她吃夜宵或者出去玩。英姐心里想，他们都是癞蛤蟆想吃天鹅肉。她一一拒绝了那些追求者。

快餐店的夜班通常要到晚上10点才结束，女店员们下班吃夜宵的时候，经常会在闲谈中聊起男朋友的一些事情。英姐只是静静地听，从来不插嘴，大家要是向她起哄，她就微微一笑，低头喝她的冰镇汽水。

一位店员说起了她的一个小姐妹阿美的故事。阿美长得俊俏，肤如凝脂，性格泼辣，敢爱敢恨，人见人爱。

一开始，阿美在玩具厂里打工。后来，她看见身边的小姐妹，辞职的辞职，经商的经商，阿美也动摇了。阿美听说辞职后的姐妹收入都还不错，有的甚至做了别人的“情人”。平日闲聊时，阿美的工友们也会逗阿美，说她这么俊的一个姑娘，不如趁年轻，也去傍个“大款”，不然就浪费了这容貌。阿美终究经不起诱惑，在一个夏天，她与一名香港富商见了三五次面之后，便成了那名男子的情人。

“我可不会干这种事，把女人的脸都丢尽了。”英姐说。

“你不干，总有人干。咱们总不能打一辈子工吧。这样赚不到什么钱。”有个姐妹对英姐说。

一个中秋的夜晚，英姐与一名女店员手牵着手，躺在草地上。

女店员问英姐：“你的理想是什么?”

英姐望着圆月，说：“我的理想是嫁个好男人，然后生孩子，不用为生活奔波。”

女店员笑了，说道：“这就是你的理想啊，难道你就这么一点追求吗?”女店员继续说，“我的理想，是离开广东，回到镇里，自己开个小饭馆。”

英姐说：“那你的理想跟我的差不多嘛。”

英姐在2003年3月底回到了村里，在母亲的安排下，她认识了两个男人。一个是货车司机，对方也是从广东打工返乡的，自己在老家建有房子。英姐心想，开货车的人，走南闯北，且不说自己不了解这男人，就算知根知底，也是跟对方聚少离多，自己就像守活寡，要是这男人管不住裤腰带，在外包养起情人来，那还了得，这婚还不如不结。母亲介绍的另一个男人是在家打短工的，收入不错，建有五层楼的房子，装修得很气派。英姐一看这阵势，心想：这男人恐怕是离不开这村了，就算有再多的钱，也是乡下人。最后，英姐是哪个男的都看不上，差点没把她的老母亲气得背过气去。

英姐是到城市见过世面的人，自然不甘心在农村过一辈子。思

前想后，她下定了决心，不管父母多么不同意，她也一定要嫁到城里去。

世上无难事，只要肯攀登。2003年的清明节之后，英姐再次来到了她打工的佛山市。她的目标很明确，就是要找一个城里人嫁了，自己就再也不回农村了。

2003年盛夏的一个夜晚，英姐刚刚下班，一个小姐妹神秘兮兮地约她出去吃宵夜，说要介绍一个本地男人给她认识。本地男人？英姐心里一喜，却不露声色，她说："好吧，那就去看看呗。免得你闲了的时候说我不给你面子。"

小姐妹介绍的这个男人个儿不高，留着板寸平头，话不多，五官还过得去。这个男人是佛山市三水区人，家财丰厚，与老母亲共同生活。

英姐觉得这男人挺合适，对方也对英姐一见钟情。但是，这个男人的老母亲却想给儿子找一个门当户对的本地媳妇，她可不想让儿子娶一个农村姑娘，她认为娶了农村姑娘，就有了一帮穷亲戚，这是家庭的累赘。

所以当男人把英姐带回去见他的母亲时，这位老母亲的态度很冷漠。趁着儿子去洗手间的时候，老母亲指桑骂槐地说："现在的打工妹，心气都很高，就想凭着几分姿色，嫁到城市，谁都知道娶了农村妹就等于要照顾她的一家人。"

在英姐即将离开时，这位老母亲就交代儿子："你一定要看好自己的钱，千万不能将钱交给这个农村妹，农村的女孩子都是很顾家的，而且现在那些农村来的打工妹，生活都很混乱。"老母亲的话虽如此，英姐却不计较。

男人自然也没把母亲的话放在心上，继续与英姐交往。

老母亲知道儿子迷上了英姐这个外来的农村妹，她想以退为进，就跟儿子说："你实在要娶这个外来的女孩也行，你们就在外面住，我也眼不见心不烦。"

英姐知道后，心中暗喜。不久，她和那个男人就领了结婚证，去澳洲拍了婚纱照。剩下的事就是办婚礼了。

英姐想办一个隆重的婚礼，但是，男人的老母亲说："你们还是回娘家办婚礼吧，娘家人多，去那边热闹，你们也不用来回跑了。我老了，不想操心那么多了。"

男人问英姐的意见，英姐说就依母亲的。

在七伯娘的操持下，英姐的婚礼办得隆重热闹。婚礼后他们又回到佛山市，男人把新房安在了佛山市的老家里，老母亲住在佛山市三水区。新房离三水区不远，来回不过二十来公里，交通便捷。新房是一栋三层的小楼。他们住二楼。后来，男人的老母亲把三水区的房子租了出去，就搬过来和他们一起住了。

老母亲搬过来第三天就病了。男人对英姐说："妈妈病了，你去照顾一下，我要出差。"

英姐心想，她和婆婆往日也没怎么共同生活过，而且原来婆婆对自己还十分不满，如今要怎样相处才好？英姐最终迈出了脚步，往一楼老母亲住的房间走去。

刚走到一楼楼梯口，英姐就看见老母亲倚靠在门边，她有点不知所措。很快，她就反应过来，连忙说："妈，您哪里不舒服？我

来看看，快坐下吧。”老母亲说，她可能是感冒了，肚子也有点难受。

英姐关心地问：“您要不要吃点药？没有药的话，我现在就去买，很快就回来的。”说完，英姐就要往门外走。

结果老母亲慢悠悠地说：“有，我这里什么都有，你会煮姜糖水吗？很容易学的。我喝点姜糖水就好了。”

英姐说：“我会呢，我这就煮去。”说完，她就往楼上走。

老母亲叫住了她，说：“在我这里煮，不要跑上跑下，这里也是你的家。”婆媳间的第一次尴尬就这样化解了。

老母亲做梦都想着抱上孙子，继承香火。但她不明说，有人打趣问她，想要孙子还是要孙女，她就笑眯眯地说，生男生女都一样，女儿也是传后人。

英姐来自农村，自然也知道在很多人的观念中，生男生女不一样。看着如今自己嫁到的这个家庭，家底殷实，老母亲怎会不希望儿媳妇生个儿子？

结婚三个月后，英姐就怀上了。老母亲此时已经不和英姐他们住在一起，而是搬到了广州，和女儿住在一起。听说英姐怀孕后，老母亲托人给她带话来说：“我年纪大了，带不了小孩了，我也照顾不了你们，你们自己想办法吧。”

过了几个月，英姐生了个大胖小子。老母亲一看到这个大胖孙子的照片，就高兴得合不拢嘴，给亲戚们挨个打电话报喜。英姐坐满了月子后，老母亲对英姐说：“孩子爸爸经常出差，你一个人带不了这么小的孩子，你来广州跟我一起住吧，我来照顾你们。”

英姐说："我不去广州，您来佛山和我们一起住吧，这里也是您的家。"

老母亲没说什么，就这样，英姐，她的家庭，她的未来，她的归宿，都与广东佛山联系在一起，英姐离我们的村子越来越远，越来越远。

丨 秋 姐

2018年暑假，我回到镇里。傍晚时分，我倚在老屋门口，看着院子里的侄子侄女们在玩游戏，感到非常惬意。夕阳的余晖照在青砖灰瓦的院落里，映红了铺着青石板的地面，也映红了孩子们的脸。孩子们的笑声一阵阵传来，恍惚间我好像回到了30年前的一天。

30年前，也是这样的夕阳、青砖、灰瓦，秋姐带着堂弟堂妹们在这院落里玩着“老鹰抓小鸡”的游戏。秋姐当“母鸡”，她正张开“翅膀”一边保护“小鸡”，一边勇敢地和“老鹰”拼命。“老鹰”张开锋利的爪子，向着“小鸡”们冲过来。“母鸡”紧紧地把“小鸡”们护在身后，“老鹰”被赶跑了，只剩下孩子们银铃般的笑声……

“童年啊，是梦中的真，是真中的梦，是回忆时含泪的微笑！”此情此景，不禁让我想起冰心的诗句，更让我眼角挂泪想起秋姐。我已近三年没有见过秋姐了，不知她现在过得可好？

大伯有4个孩子，秋姐是梁家的长女，她还有两个弟弟和一个妹妹。从小，秋姐就很照顾我，总是护着我。记得小学二年级的时候，我在学校被同班的一个同学欺负，秋姐知道后，带着两个堂哥把欺负我的同学狠狠揍了一顿，为此秋姐也挨了大伯一顿打。由于她一直以来对我照顾有加，幼小的我一度误以为她就是我的亲姐姐。

1995年秋姐考上了镇里最好的一中。记得那一年，母亲对我念叨得最多的一句话就是："你看你秋姐学习多努力，你得向她学习，两年后你也要考上镇一中。"自从秋姐上中学后，我和她一起玩的时间就少了。一来是因为她周一到周五要住校，只有周末才回家；二来是因为好几个周末我想去找她玩，她不是在忙着写作业，就是忙着做家务。我想还有一个原因是秋姐开始有了女孩子的矜持，不想再像过去那样和我们一起疯玩了。

记忆中那是1997年，夏天的阳光格外刺眼，那年的暑假也格外漫长，我的初中录取通知书迟迟没有等来，等来的却是一个让人难过的消息。

那天傍晚，村里闷热得仿佛一个大蒸笼。我和伙伴们正在小河里泡着，河水凉凉的，舒服极了。这时，秋姐眼角挂着泪水，满脸忧伤地来找我。

我赶紧上了岸问她："怎么了？谁欺负你了，我和伙伴们给你报仇去。"

秋姐却一直站在那儿不说话，我急得团团转。过了好一会儿，她看着天边褪去的晚霞，幽幽地说："为什么我不是男孩？如果我是男孩多好啊。"

"为什么这么说？女孩也好啊。"我不解地问。

秋姐默默地流着泪，低声抽泣着说："我爸说二弟要上初中了，三妹和四弟也都在读书，家里负担不起这么多孩子读书的费用，他

让我过完暑假就去城里的亲戚家打工。可是我不想去打工，我想读书，你能不能让叔叔和我爸说一说？”说完，她不停地抽泣着。

我连忙安慰她：“我马上回家叫我爸去帮你说一说，你别哭了。”说完，我一溜烟跑回家，把事情的来龙去脉和父亲说了一遍。

父亲眉头紧皱，推托着说：“我去说也没用，梁家大伯决定的事，其他人改变不了。”我不停哭闹着、叫嚷着让父亲去帮说情，父亲无奈，只好硬着头皮到大伯家去了。半个小时后，父亲回来了，他脸上满是愁容，我知道，秋姐的读书生涯要结束了。

1997年的夏天，秋姐到南宁的一个远房表叔家当保姆去了。

我再次见到秋姐是1998年的春节。她从南宁回来，穿着白色运动鞋，蓝色牛仔裤，灰色T恤衫，一头长发拉得直直的，俨然一个城里来的女孩，但她脸上依然有着农村女孩的纯真气息。

秋姐看到我，就从她的背包里拿出一堆零食塞给我，并问我学习累不累，成绩如何。我不停地说着还好还好。她有些伤感地说：“如果我是男孩就好了，就可以和你一样继续读书了。”说完又若无其事地笑了笑与我告别。我愣在那里，悲伤涌上心头，心里像压着一块黑色的大石，沉沉的。

1998年的夏天如约而至，秋姐的二弟，也就是虎弟，读完了初一。暑假即将结束的时候，我的父母和大伯开始为我们的200元钱学费发愁。我的父母东拼西凑终于凑够了我的学费，而大伯因为大伯母的一场病花了不少钱，还欠下了债，实在凑不出学费，虎弟可能要因此辍学了。正当大伯一家一筹莫展的时候，秋姐放假几天，从南宁回来了。当她得知大伯因为交不起虎弟的学费，想让虎弟辍学时，她立马拿出200元钱交给大伯说："爸，我已经没有机会读书了，可是二弟必须继续读下去，以后二弟读书的费用由我来承担吧，这是我这半年攒下来的钱，您拿去给他交学费吧。"

当时，我看到大伯的手颤抖着接过秋姐手中的200元钱，说道："爸没用，爸对不起你。"说完，大伯羞愧难当地转身进了房间。

我想，那一刻，秋姐真正长大了，她主动承担了一副重重的担子。那年，秋姐16岁，本该在校园里读书的她，却为了让自己的弟弟继续读书，不得不在社会上打拼。

就这样，秋姐的二弟在她的资助下念完了高中，考上了一本大学。

高中三年里，我和秋姐见面的机会更少了。听说她交了一个南宁的男朋友，家里人都为她感到高兴，认为她嫁到城里以后就可以享福了。

在我读大学前，父亲宴请了亲朋好友来为我祝贺，秋姐也从南宁赶回来了。20岁出头的秋姐是我所有堂姐中出落得最为水灵的，那时她身高1.68米左右，穿着一身白色连衣裙格外漂亮。秋姐长着鹅蛋脸，大眼睛，长长的睫毛让她的眼睛更显迷人，她笑起来嘴角露出甜甜的酒窝，完全没有半点农村女孩的气息，活脱脱的一个城里人。

在这之后，我有两年多没有见到秋姐，她这几年不怎么回村里，过年也是住在男朋友家。我想，秋姐应该快要结婚了，我也期待着喝她的喜酒。我读大三那年的国庆放假，秋姐回来了，还带着她的男朋友一起回来。她男朋友的身高1.8米，长得阳光帅气，和秋姐非常般配。他们在村里待了两天就匆匆赶回城里去了。秋姐回

城的当天，大伯母来我家和母亲拉家常，母亲问她，秋姐的喜酒什么时候办？大伯母叹着气，摇摇头说：“男方父母不同意。因为小秋和她男朋友在一起住了5年，小秋的肚子一直没有动静，她看了不少医生，吃了不少药都没用，她男朋友是家里的独苗，所以这婚事……”说完，大伯母又长长叹了一口气。国庆假期一结束，我回到了学校，继续我的大学生活，其间很少听到秋姐的消息。

2005年的春节格外热闹，很多在外打工的兄弟姐妹都回来过年。记得秋姐也在大年三十那天回来了。

大年初一我见到秋姐，看到她上身穿着粉红色羽绒服，下身穿牛仔裤配长靴，显得青春靓丽。然而她脸色很憔悴，一副心事重重的样子。我和她擦肩而过，她只是轻轻地打了声招呼，让人很担心。我刚想转身问秋姐怎么了，她却已经走远了。

大年初二下午，秋姐又匆匆上了南宁。过了几天我听大伯母说秋姐跟家里要了几千块钱，说是要和朋友合伙做生意。在接下来的半年时间里，秋姐陆陆续续跟亲朋好友们借了不少钱，而且每个人都是借了一次又一次。

大家知道，秋姐肯定是摊上事了。我们从她初中的好姐妹那里知道：原来在2005年春节之前，秋姐因为怀不上孩子，又经不住男方父母的压力，就和男朋友分手了。分手后不久，在秋姐伤心欲绝的时候，她通过朋友介绍，又结交了一个新的男朋友。她借钱就是为了和那个新的男朋友做生意的，不过不知道他们是做什么生意，一直没能赚钱，反而都在贴钱。后来我们又听说，秋姐的新男朋友其实是一个传销人员。秋姐的好姐妹也劝她不要那么傻，不要到处为那个男人借钱了。可是，秋姐就像被灌了迷魂汤一般，谁的话也听不进去。

2005年8月底，秋姐又回来跟家里人借钱了，大伯大伯母自然不肯。可是秋姐哭喊着说：“我实在没辙了，我已经怀上了他的孩子，我要把孩子生下来，现在是孩子需要钱。”大伯大伯母没办法，只好给秋姐凑了几百元钱。

在这之后，我一直都没有秋姐的消息，直到2006年的大年初二，大伯接到秋姐的电话，她在电话里哭哭啼啼地说，孩子生下来了，是个女孩，她们母女都在南宁某个医院里，可是钱没交齐，她们出不了院。大伯大伯母只好和亲朋好友借了钱，到南宁去接秋姐出院。

后来听大伯母说，他们到了医院，只看到秋姐和孩子两个人。秋姐的男朋友把她送到医院后，就再也没有出现过。秋姐当时抱着大伯母一直哭，一直哭，她身旁的婴儿也一起哭。出院后，大伯母在秋姐的出租屋照顾她们娘俩。大伯母想带秋姐和孩子回家，可是大伯面子上挂不住，他觉得把女儿带回村里会给他丢人。秋姐也不愿意回村里，她执意要留在出租屋，等孩子的父亲回来给她一个交代。大伯母照顾秋姐坐完月子后就回到了村里，而这段时间里，孩子的父亲却一直联系不上，也一直没有出现，秋姐只能一个人照顾着孩子。

2006年的春节过后，我看到秋姐头发蓬乱，黑眼圈明显，脸颊消瘦、眼神暗淡无光。据说她找过八姐借钱，八姐就赶紧把自己勤工俭学挣的钱取出来，给了她400元。我跟秋姐要了她的住址，说今后有空就去看她。秋姐道了谢，把地址写给了我，然后说要回去照顾孩子，就匆匆离开了。我看着她的背影，心里百感交集。命运和秋姐开了一个多么大的玩笑啊！如果她能和原来的男朋友结婚，那她也许就不会是今天这个样子了。我想之后如果有时间还是要多去看看她，看能否帮上什么忙。

两个星期后的周末，我本打算去看秋姐，正巧我的另一个堂姐娟姐从广州回来（娟姐老公在广州开厂，一年回家两次左右），她和秋姐小时候感情很好，她听说秋姐过得不太好也想去看她，可是却不知道秋姐住在哪里。娟姐和姐夫开着车来到学校找我，问我知不知道秋姐住哪儿。我把地址告诉了娟姐，并且也跟他们一起去看望秋姐。

我们按秋姐给的地址，来到一个城中村，这里楼与楼之间距离紧密，光线昏暗，楼道两旁的墙上贴满了小广告，巷子口堆放着很多垃圾，发出阵阵令人作呕的酸臭味。我们继续按着地址寻找，终于到达了目的地。一下车就看到穿着睡裤和拖鞋的秋姐，正拿着一捆纸皮，和收破烂的讨价还价。秋姐看到我和娟姐，一脸惊愕。在接过收破烂的给她的钱后，秋姐苦笑着走向我们。看到这一幕，娟姐眼睛红红的，她抓着秋姐的手说："你怎么变成这样，怎么变成这样了？"秋姐的眼泪一直在眼眶里打转。秋姐不想让我们去到她的住处，可娟姐说她大老远过来，想看看小孩子，秋姐拗不过，只好把我们往她的住处领。

秋姐领着我们穿过两条小巷，进入一幢昏暗的楼房，然后又带我们沿着窄窄的楼梯爬上五楼，隔着门我们就听到了婴儿的啼哭声，我想秋姐应该就是住在这里。当秋姐把门打开，我看到一个瘦小的男人，坐在一张木凳上抽着烟，他也不去管床上啼哭的婴儿。我想他就是秋姐现在的男朋友。“姐夫，我们一起揍他，就是这‘垃圾’男人把秋姐害成这样的。”我激动地喊道。那个“垃圾”男人一听，赶紧躲进了卫生间，秋姐边拦着我和娟姐夫，边喊道：“别打，孩子在哭呢。”接着，秋姐赶紧去抱起孩子安抚起来，可孩子还是哭个不停。直到秋姐给孩子喂了点米糊，孩子才停止了啼哭。娟姐惊讶地看着眼前的一切，看到这孩子跟个瘦猴似的，明显营养不良。她不敢相信地问秋姐：“孩子就吃这个吗？”秋姐点点头，她说自己没有奶水，也没钱买奶粉。娟姐一下子冲上去，抱着秋姐哭了起来，她不停地对秋姐说：“你不能这么过，不能这么过，为了孩子，为了你自己，今天无论如何你都要跟我走。”在娟姐的劝说下，秋姐同意离开了。我和娟姐夫也警告那个“垃圾”男人，让他不要再找秋姐，更不要找她要钱。

就这样，秋姐抱着孩子坐上娟姐的车到广州去了。在猛烈的阳光下，我看着车子远去，心里也松了口气，我希望秋姐在广州能够好好想想自己未来的路应该怎么走。

秋姐在娟姐家住了一个月，心情开朗了很多，有一天她打电话给我，说她要给孩子取名字，看我能不能帮忙想一个。我告诉她，就叫乐乐吧，希望她们以后的生活快快乐乐，秋姐欣然接受了这个名字。

在娟姐家待了两个月后，秋姐觉得自己一直打扰娟姐不好，决定带着乐乐回村。可是，当她带着乐乐回到村里的时候，大伯却仍

然碍于面子，死活都不让秋姐进家门。

秋姐抱着乐乐跪在家门前，不停地哭着说自己错了，求大伯原谅。我的父亲、母亲、大伯母也在旁边一起轮流劝说，可大伯却似乎一句话也没听进去，还是不让秋姐进家门。母亲看着乐乐在哭，就抱着乐乐去劝大伯："为了孩子，这些面子问题就算了吧，总不能让她们母女流落街头啊，那就更丢你的脸了。"说完母亲把乐乐塞进了大伯的怀抱，这时候，乐乐不哭了，她那两个圆溜溜的大眼睛看着大伯，然后“咯咯”地笑了。秋姐的眼泪没有做到的事，乐乐的笑脸做到了。大伯抱着乐乐点了点头，终于让秋姐进了家门。

乐乐一天天地长大。家里人觉得，秋姐不能一直待在家里，她得结婚，得为乐乐找一个爸爸。邻村的人听说秋姐要嫁人，倒是来了不少人做媒。可是听说女方要带着孩子嫁过去，这亲事就都没戏了。

秋姐也明白自己现在的条件，并不容易找到合适的对象。一转眼乐乐快两岁了，为了孩子，秋姐还是嫁给了镇上一个大她12岁，已经离异，并且同样有孩子的男人。他就是后来我的秋姐夫。

秋姐嫁过去后，秋姐夫对她们母女都非常不错。乐乐慢慢地长大，一转眼都上小学五年级了。这些年里，秋姐的生活也过得不错，我又看到那个身高1.68米，鹅蛋脸、大眼睛、长睫毛，笑起来嘴角露出酒窝的秋姐了。

可是，命运再一次跟秋姐开了玩笑。2016年春，秋姐夫查出患上了肝癌晚期。2017年春，秋姐母女送走了秋姐夫。在送走秋姐夫半年后，秋姐把丈夫留下的房子卖了，带着乐乐去了广州。她们在广州的佛山买了套房子，母女俩相依为命，过着平静的生活。从那以后，我再也没有见到过秋姐和乐乐。也许，那里是她们最好的归宿。只是，我什么时候才能见到那个鹅蛋脸、大眼睛、长睫毛，嘴角露出酒窝的秋姐呢？

十五哥

十五哥，生于1980年。他在家族同辈中排行第十五。虽是同宗，但是他的名字，至今我不曾知晓。十五哥是七姐的弟弟。

十五哥9岁那年，一个夏天的晚上，他和五伯、五伯母、九伯一起坐在门前的石板上，旁边还坐着十七弟。十七弟是十五哥的亲弟弟。这时，十五哥突然捡起脚下的石头，朝十七弟扔了过去，把十七弟的头砸破了。十七弟疼得哇哇大哭，眼泪和头上的鲜血混在一起。十五哥一脸愧疚，愣着不知道如何是好。

五伯朝十五哥的屁股上打了一巴掌，骂道："你怎么这么愚蠢，你把弟弟砸傻了，就得养他一辈子！"

十五哥被打疼了，哭着说："我怕那条蛇咬弟弟，就捡起了脚下的碎石想砸死那条蛇。"

原来，在大家乘凉的时候，一条蛇悄悄地爬到了十七弟的脚边。十五哥发现了那条蛇，想用石头把它赶走，没想到那蛇很精明，一下子就躲开了。结果，蛇没打着，十五哥倒是把弟弟的头砸破了。

九伯对五伯说："大哥，咱们还是带孩子去医院看一下吧，我划船，你背上十七弟。"

说完，五伯和九伯连忙把十七弟的头简单包扎一下，便出发了。

半年后，我看见了十五哥和十七弟正跟着五伯去抓鱼。

我问十五哥："十七弟的头，是不是已经好了？"

十五哥笑道："已经完全好了，哎呀，要不然我真的得养他一辈子了。"

1995年，十五哥刚满15岁。六哥从广东回来，把他带去了广东打工。六哥生于1972年，是村里最早去广东的那批年轻人之一。

六哥说，大家都是兄弟，能带就带出去吧，要不然光靠捕鱼和种田，也养活不了自己，更不用谈以后建房子娶老婆的事了。

多年后，我才知道六哥带十五哥去广东，不过是去工地做建筑工人。当时，十五哥年纪还小，力气也小，做不了什么事，也没什么手艺，只能打打下手，工钱自然不多。但不管怎么样，十五哥能在外见见世面，总比在家强一些。

就这样，十五哥跟着六哥在工地里摸爬滚打了几年。后来，他开始羡慕那些当司机的能走南闯北，他心里也想着成为司机。

在工地里，有一个同乡，是开泥头车的。老乡劝十五哥去考驾照，至少这样还能多一门手艺。

十五哥听了老乡的话，更是心痒痒。后来，他在老乡的介绍下，去考了驾照。

拿到驾照后，十五哥并不想开工地的泥头车，他想开运输货物的大货车。他觉得，走南闯北比整天在工地上更有意思。

2000年下半年，十五哥从家里又来到广东，开始开大货车，从事长途运输工作。

就这样，多年的驾驶经历，练就了十五哥看路况、看车况、听发动机声、听刹车声等方面的过硬本领。

有一次，十五哥的同事从外面开车回来，本来坐在办公室的十五哥听到同事车子的声音不对劲，马上跑出来，叫住了正要倒车的同事。他告诉同事，车子的油箱可能出了问题。

大家都以为十五哥是在开玩笑，但看着他一脸认真的样子，大家连忙找来工具，把油箱打开。正如十五哥所说，车子的油箱果然出了问题。

从此，十五哥就名声在外了。他不仅能听出、看出车辆的故障，还能带着大家一起检查车况。他经常说，跑长途运输，就要每隔两三个小时摸一摸轮胎，看看是否过热，还要看看水箱是否漏水，闻闻发动机是否有异味……这些过硬的本领，为十五哥带来了较高的收入。当时，他的月薪已经超过了1万元，比经理的工资还高出不少。

2005年，十五哥在村里建起了楼房，并且进行了装修。尽管房子不怎么气派，但是经过精心布置，还是很温馨、很有情趣的。

后来，十五哥接到了运输一台变压器的任务。于是他从广州出发，行驶了将近6500公里，才最终将这个变压器按时送达。

说起这段经历，十五哥眉飞色舞。他说："变压器是国家电力工程的一个重要设备，价值几千万元。那可是块大宝贝啊，碰不得、摸不得，我们一路小心翼翼地护送，总算到达了终点。你不知道我们当时有多开心。"

有一次，公司又安排他们从广东将一台高压变压器运到新疆。那台变压器将近100吨，车货总重量将近200吨，十五哥和他的同事轮流开车，途经了10多个省，行驶了4000多公里，只用了三四天就将变压器安全送达。

十五哥说，开大货车有开大货车的辛苦。开车累了，他们就把折叠床放在油箱旁边休息。为了防止有人来偷油，他们就用一个绳子绑住油箱口，用牙齿咬住绳子的另一端，这样，他们就能安心睡觉了。我问他为什么要这样做，他说："我们的油箱大，加一次油就要几千块钱，如果来几个偷油贼，把这油一偷，一趟长途几乎就白跑了。"

我问十五哥，在货运公司开车，工资再高也高不了多少，不如自己买一辆车，自己跑长途运输，这样收入会不会高一些？

十五哥说，那也未必。有一次，他顶别人的班开车去哈尔滨。因为是私人的车，没有营运证，他们只能连夜出发，躲避高速路口的交警查车。如果要途经收费站，也是选择深夜或者凌晨出发。十五哥告诉我，那次他们是凌晨2点途经收费站，他在用来应付检查的空驾驶证里塞进100元钱，然后把那本证放在车窗前，心中特别忐忑。好在当天并没有交警查车，十五哥暗自感到幸运。即便如此，十五哥说，那次任务他们其实也没赚到钱，两个人跑了接近2000公里，收到运费16000元，支出油费5000多元，过路费4000多元。虽然这次没被罚款，但一路上他们又是修车，又是换二手轮胎，就花去将近5000元，再加上人工费，跑这趟反而赔了300多元。

说到跑长途车的经历，十五哥总是特别淡定。他说开车这么多年，倒是没有撞到过人，但遇到大雾天气还是让人心惊胆战。有一

年秋天，十五哥在高速路上遇到大雾，能见度不足50米，同事提议靠边停车等大雾散了再走，而他则坚决反对，他生怕车子停在高速路上被人追尾。于是他们就这样小心翼翼地在高速路上开了很久，直到开出了浓雾区域才大大松了一口气。还有一次，十五哥开车途中发现货车漏油，于是便下车修理，他说要不是发现及时，车子就有可能因没有油而停在高速路上无法行驶，这样很容易发生交通事故。又有一次，在二级路上，十五哥开的货车水箱漏水，他赶紧把车子停靠在应急车道上，然后去农户家挑水，这一来回就走了将近两公里，他腿都发抖。如果过往的车辆没能及时发现他的车，恐怕就直接追尾撞上了。

十五哥说，不管是开长途货车，还是开市内公交车，作为司机往往是水不敢多喝，厕所也不能及时上的，而且他们看见交警就紧张，难免会落下职业病。十五哥身边的同事患胆囊炎和糖尿病的人都不少。即使没有落下职业病，他们在货车上装货卸货的时候也很危险。十五哥说过，他有一个同事曾经在装车时，从4米多高的车顶摔了下来，头颅严重摔伤，在医院昏迷了3个月后就去世了。说起这事，十五哥唏嘘不已。

后来，十五哥选择了经营规模比较大的物流公司，专门跑长途运输，这样确实辛苦，但是十五哥觉得只要今后能拉家里面的弟兄一把，辛苦一点也是值得的。他要把堂弟十六弟，还有二十二弟带到广州开车，把他们带出农村。

| 华 哥

华哥搬到了镇上。

我们村距离镇上，只有三公里。

于我而言，这个距离并不算远，但我们见面的次数却少了。

1980年初至1990年初是村里孩子出生的高峰期。1985年，华哥出生了，华哥在家族的兄弟姐妹中排行第二十二。

灵山县鸦鹊塘村背靠狮子岭。因修建东湖，原来的村子已经被淹没，父辈们只能搬到更高的山坡上。在20世纪70年代，村里人大多是因为参军入伍或是参加“枝柳铁路”建设才走出村子，因此走出村子的人不多，留在家的青年人，白天挣工分，晚上也要想办法增加家里收入。

靠山吃山，靠湖吃湖。狮子岭物产丰富，山货也多。20世纪80年代，村里人在清明祭祖的时候，还能看到野猪带着小崽子到处转悠。80年代中期，改革的浪潮涌了进来。村里的人，外出到县里和镇上的日益增多，有的甚至跑到广东打工。不愿出去的村民，则要么到狮子岭上收山货，要么在东湖捕鱼，也有自己搞养殖的。

华哥的父亲天生就是养殖的能手。他养的可不是平常的物种，

而是“无脚虫”，是非常危险，经济价值却极高的蛇。

每到蛇产卵的季节，就是华哥特别受小伙伴欢迎的时候。此时，他的口袋里就会塞一些“小鸡蛋”。这些“小鸡蛋”都是蛇蛋，他一个劲儿地倒出来，分给我们。在那个物资匮乏的时代，鸡蛋非常珍贵。虎妈对每一颗鸡蛋都特别珍惜，每当鸡快要下蛋了，她便片刻不离地盯着，生怕鸡蛋被别人拿走了。到了赶圩日时，虎妈才把藏好的鸡蛋装进篮子拿去卖，换回油盐酱醋等生活必需品。可见，鸡蛋在那时候都如此珍贵，而蛇蛋更是稀罕物，能从华哥那里分到蛇蛋，小伙伴们都会特别兴奋。然而村里有些人却对养蛇比较排斥。

“你不要养蛇给人吃了，会有报应的。你看你儿子，都上初中了身高还不到 1.4 米，就是因为你养蛇。”村里一些信佛的妇女对华哥父亲说。

华哥父亲也不恼，乐呵呵地反驳道：“你们头发长，见识短，不养蛇，我吃啥、喝啥？况且我是在救狮子岭上的蛇一条命呢，不然大家都去山上抓蛇了。”

1992 年，华哥父亲因为养蛇，手头日渐宽裕，随后他在镇上置办了一块地皮，建起了一层小楼，在镇上安了家。

自从华哥去了镇上，我和他见面的次数便越来越少，不过还能经常见到他的父亲，因为他的蛇场还在村里。

1994 年，华哥父亲带着县城来的老板到他的蛇场收购蛇。我鼓起勇气跟来，才有机会看到了养蛇的房子。推开门，我就感觉到房子阴森森的，让人发冷。听到动静，房子里的蛇立即来了精神，发出了“滋滋”的声响，一瞬间我的鸡皮疙瘩都起来了，身子本能地往后退。

华哥父亲和那个老板一边交涉蛇的收购事宜，一边如数家珍地说起他养蛇的经历，我在旁边倾听。

华哥父亲说：“咱们广东、广西沿海一带比较盛行吃蛇肉。这几年，狮子岭的眼镜蛇、金环蛇、银环蛇、南蛇都少了，抓蛇的人只能往大山深处抓，蛇也越来越难抓。”

“蛇很金贵，它们不同于一般的家禽。为了养好蛇，我去了合浦县常乐镇学习经验，听说了那里的村民靠养蛇建房子、娶老婆的故事。然后，我从当地带回50枚蛇蛋，没想到那一批蛇蛋孵化出的蛇竟然死了30条。不过光是剩下的蛇卖的钱，都解决了家里小孩的学费和生活费。就这样，我开始扩大养蛇规模。”华哥父亲喝了一口水说。

“自古富贵险中求呀，我手上的伤都是蛇咬的，被咬了30多次呢！”说到这，华哥父亲仍心有余悸。

华哥父亲回忆道，1995年6月，他当时正在喂蛇，突然被金环蛇咬了食指。万幸的是，当过兵的十伯正好经过蛇场。他看到这一幕，连忙过来用嘴帮华哥父亲吸出毒液，然后用清水洗净，再用绳捆住他的手腕。

“十…哥…，如果这么做也不行，你就把我的手给砍了吧。”华哥父亲哀求着说。

“别乱说，我能保住你的手。”十伯带着命令的口吻说道。

一番处理后，十伯骑着凤凰牌单车，把华哥父亲带到了县人民

医院抢救，此时华哥父亲距离死神只有一步之遥。医生说，幸好他们来得及时，华哥父亲才得救，否则不要说他的手，就连他的命可能都没有了！后来，华哥父亲学会了自制中药，专门治蛇咬。每次一被蛇咬，他就用针扎向伤口的四周，然后挤出毒液用清水清洗，再外敷内服自制的中药，每次都化险为夷。

2013年后，灵城镇、小江镇餐馆的生意不景气，来买蛇的人日渐减少，华哥父亲就决定不养蛇了，他每天垂头丧气，耷拉着脑袋，像被雨淋过的稻谷。

华哥父亲做养蛇的生意要看时机，华哥自己的成长与发展也要找准时机。

华哥有一张粗线条的脸庞，长着高鼻梁，方下巴，眼睛上那浓密的睫毛，如同一把扫把挂在眼帘，这使他的眼睛仿佛笼罩了一片郁郁葱葱的树林，给人一种深邃而又神秘的感觉，但他的内心却在蠢蠢欲动。

1997年，华哥正在读平山中学，老师要安排学生表演节目，可班上却无人报名。华哥心想，这是个展示自我的好机会。这回自己不仅要报名，而且还要出彩，免得被人小看了，但唱歌吧，不是自己强项；跳舞吧，更不是自己拿手的。于是他与同班同学江宇森商量了一番，决定表演相声。江宇森是高个子，初中一年级就长到1.65米，他还是个大胖子，远远看他走路，会以为是一只大球缓缓滚来，而华哥才1.4米，体重只有江宇森的一半。表演当天，江宇森穿一件短得刚到肚脐眼的短袖，因为肚子太大，他连衣服扣子都扣不上，他脖子上还系了条小领带；华哥则身穿一件宽宽大大的白色衬衣，袖子比手长出半截，他也系了条领带，但这领带却长至裆部。两人一高一矮，一胖一瘦，喜剧效果特明显。华哥和江宇森刚上台，台下的学生们就哄然大笑。多年后，华哥回忆道："当时台下的同学越是兴奋，我就越有表演欲望，如同嗜血的屠夫看见鲜血，充满着激情与狂热。"最后华哥和江宇森的相声表演获得了三等奖。华哥说，那次表演的成功，激发了他的自信心。

2004年，华哥到南宁读大学，学校里的老师让他负责管理计算机房。

管理计算机房，这在其他同学眼中可是了不得的美差！

那时，学校周边网吧密集，像蜘蛛网一样交织在校园周围。网吧的消费价格不菲，白天上网每小时将近3元，晚上则便宜些，但通宵上网也要花费10元。为此，华哥就想到，如果他管理的那个计算机房能免费开放给贫困生，而向其他同学适当收费，这样既能解决贫困生上网学习、搜索资料等问题，又能为学校创收，岂不是两全其美？华哥向老师汇报了自己这个大胆的想法，得到了支持。于是，华哥管理的计算机房立即火爆起来。一到课间、周末，来上网的人就排起长龙。后来，专门来找华哥订座位的同学日渐增多，华哥都尽量给他们安排好，有的同学上网三个小时，他就睁一只眼闭一只眼，给对方按一个小时算；有的同学晚上需要玩通宵，他也提前帮订好位，甚至还帮对方打包炒粉、炒面。

华哥回忆说，在大学计算机房里，他认识了不少校内的风云人物，懂得了一些为人处世之道。

2008年5月，华哥参加大学生双选会，与一个边境的单位签订

了就业协议书。7月，华哥便匆匆乘坐快巴到单位报到。

大巴飞驰了三个半小时，他的思绪也随之飘远：在边境工作，或许不是长久之计，但也要先积攒工作经验和人脉资源吧。

工作一年后，华哥单位有一位同事，在一次工作接待中喝高了，酒后没有管住自己的裤腰带，就乱了性，搞大了一位宾馆服务员的肚子。

那位同事一点儿不像个男人，搞大了人家的肚子，还不愿意和对方结婚，甚至嫌对方的工作不体面。那位服务员似乎也不跟他计较。于是，那位同事就以为自己捡了个大便宜。

有一次那位同事和一群兄弟喝酒，三杯两盏下肚就有点飘了，开始吹嘘他和服务员那些风花雪月的事。

不知这事怎么传到了宾馆服务员的家人那里。对方来到华哥他们单位，怒气满满地揪住那位同事不放，非要告男方强奸不可。华哥的同事被吓得东躲西藏，最后通过熟人说情，他要赔偿对方2万元钱，才算了事。

领导觉得华哥的那位同事就像“烂泥扶不上墙”，责令他辞职走人。

后来，领导非常看好华哥，认为华哥可以胜任接待工作。

有一晚，领导安排了晚餐，特地叫上华哥。

刚刚上桌，领导就拿出几瓶米酒说道：“今晚大家只是小酌一下，这是土家米酒，一人一瓶，喝完就回去睡觉。”

华哥心想：这架势吓不住我。这种酒是低度酒，小意思。

他们喝完一瓶，又开一瓶。酒过三巡，华哥微微有些上头。

领导问华哥："老弟，你能否管得住你的裤腰带？"

华哥深知最近岗位将会有所变动，心中窃喜，说道："喝！领导我们继续喝，醉后再说。"那杯酒下去，华哥用手往下一指，义正词严地说："管得住，管不住的话，你把我剁去喂狗。"

领导说："好，明天你就上岗，管好了，你小子如鱼得水；管不好，你立马给我滚蛋。"

华哥赶忙说："看我的吧。"

领导说："你可别小看接待岗位，这里头学问多着呢。慢慢你就知道了，干好了，在这小地方就没有你办不成的事。因为有些人和事，就像磁场，虽然看不见，摸不着，却实实在在互相关联着，有时候甚至能决定事情的发展方向。"

华哥知道，接待工作就是要做好方方面面地协调和组织工作；而在饭桌上就要有酒量，更要有新意。毕竟在饭桌上，大家你一言我一语都是奉承，有时候，酒过三巡，就有人说起黄段子。华哥对黄段子是不屑的，他认为酒后就要吟诗助兴。所以每次饭局，他都会朗诵诗歌。如李白的《将进酒》：

君不见，黄河之水天上来，奔流到海不复回。

君不见，高堂明镜悲白发，朝如青丝暮成雪。

人生得意须尽欢，莫使金樽空对月。

天生我材必有用，千金散尽还复来。

烹羊宰牛且为乐，会须一饮三百杯。

岑夫子，丹丘生，将进酒，杯莫停。

与君歌一曲，请君为我倾耳听。

钟鼓馔玉不足贵，但愿长醉不复醒。

古来圣贤皆寂寞，惟有饮者留其名。

陈王昔时宴平乐，斗酒十千恣欢谑。

主人何为言少钱，径须沽取对君酌。

五花马，千金裘，呼儿将出换美酒，与尔同销万古愁。

华哥的语调时而高亢，时而低沉，念到动情时，他还把手高高举起，宛如体态优美的舞者在翩翩起舞。每当华哥吟诗，总会有一阵阵掌声响起。“来来来，走个大杯”，宾主把酒言欢。华哥的诗歌朗诵总会把饭局推向高潮。

华哥吟起诗来显得那么才华出众，一些女人也会被他吸引，她们望着华哥，就像一个口渴的人看到了一汪清泉，眼里都会发光。

被华哥吸引的其中一名女子就是丝丝，她是定点接待宾馆的女经理。她有一双丹凤眼，眉毛淡而修长，嘴唇微微翘起，皮肤白皙细腻，仿若吹弹可破，她笑起来，一个酒窝点缀得恰到好处。丝丝身材窈窕，凹凸有致，卷曲的长发披散在肩上，让人浮想联翩。丝丝十五六岁的时候就开始有人追求，但华哥对这样的尤物却始终保持距离，他明白如果自己不小心擦枪走火，后果会很严重。

丝丝却不着急，她知道“温水煮青蛙”的道理，有些事情不可急功近利，太着急会把对方吓走的。丝丝非常注意分寸，对华哥不时暗送秋波，但又始终保持距离，华哥也坦然自若，没越雷池半步。

2010年国庆节前夕，华哥单位领导说有一个商贸团计划要来洽谈业务，但对方的行程一直没能敲定。领导决定让大家先放假回家，如有特殊情况再返岗。华哥回到家的那天晚上，和二伯、十伯一起喝了酒，他喝醉了，还关了手机。后来，单位领导通过家庭电话才联系到华哥，并要求他务必于第二天赶回边关小城。

小城的夜晚处处灯火通明，相比于白天另有一番独特魅力。丝丝知道华哥晚上会回来，便邀他来家里，为他准备晚饭。

“到啦，快去洗手，饭我已经煮好了。”丝丝捧着一碟花生米从厨房走出来，身上还裹着一条围裙。一见到华哥，她脸上顿时笑靥如花。华哥原来不想去见丝丝，但转念一想，自己独在异乡有些孤单，见一见朋友也无妨。

“快坐下。”听到如此温柔的话语，华哥内心涌起一股暖意，丝丝总是不经意间让他着迷。他傻傻一笑，小跑到厨房洗手。出来的时候，丝丝已经取下围裙，盛好饭菜坐着等他。华哥看着色香味俱全的饭菜，顿时食欲大开，边吃边对丝丝的厨艺赞不绝口。真不是

他故意奉承丝丝，而是丝丝的手艺的确很不错。

“来，为同是天涯沦落人举个杯。”丝丝也不是本地人，此刻她语气里有些感伤，不过她脸上却是满满的幸福。

华哥这时才发现，丝丝已经开了三瓶红酒，倒进了细长的器皿里。

“好，走一个。”华哥说道。

酒过三巡，华哥的眼神开始有些迷离，他眼光往丝丝身上瞟，看到她穿着一件吊带，脖颈上戴着一条泛着璀璨光泽的项链，雪白细嫩的肌肤隐隐透着光泽，特别是那两条白皙修长的美腿，如同无瑕的白玉。华哥感觉丝丝浑身上下都透出一股致命的诱惑。

华哥的脑袋突然轰炸开来，他知道自己酒劲儿上来了。他心想，自己就不应该喝酒，酒能载舟，亦能覆舟。他内心暗骂：我真是脑子被驴踢了，怎么自己送上门来了？

丝丝看到华哥看她的眼光不太一样，脸颊两旁顿时泛起一抹红晕，“来，再走一个，商贸团明天晚上才到，小妹今晚照顾你，放心喝。”她知道华哥的酒量远不如自己，故意说道。

“照顾我？那我也得受得起呀！”华哥内心拒绝着，但他的眼睛根本不听使唤，因为眼前的女子实在太有诱惑力了。

看到三瓶红酒已经喝完了，丝丝便扭着凹凸有致的身体走到酒柜，又熟练地拿出一瓶酒。

华哥目光总是不自觉地在丝丝身上流转，即使他知道这样不对。华哥感觉到有一种力量从体内升起来，自己快要压不下去了，就连呼吸也加快了，天啊，这种感觉让他无法言喻，如烈火在胸口熊熊燃烧。

为打破这尴尬的局面，华哥对丝丝说："你喝醉了。"

"我没醉，继续喝。"丝丝举起杯子站起来又和华哥干了一杯。这一杯下去，丝丝的腿有点软，她走起路来脚也有点不听话，身体一晃一晃的。华哥也怕丝丝跌倒，过去扶住她的左手，谁知丝丝的右手直接围过来搭在了华哥的肩上。他们面对面贴身站着，彼此都能听到对方的心跳。华哥闻到一股沁人的馨香扑鼻而来，他不禁说了句："好香！"丝丝的右手在华哥的胸膛滑动，滑过华哥的腰，又滑过华哥的臀部……

火山马上要爆发了！

突然华哥的脑海里闪过那句话："老弟，你能否管得住自己的裤腰带？"

华哥瞬间抓住丝丝的手，把她扶好坐在凳子上。然后他自己跑进厕所用冷水冲了把脸。这下，他清醒了，彻底清醒了。华哥决定赶紧离开，他出门时对丝丝说："送完客商，咱们再喝，不醉不归。"

华哥仿佛做梦似的，跌跌撞撞地回到了自己家。他瘫坐在沙发上，双手抱着头。他想到前同事抱着占便宜的心态睡了宾馆服务员，结果惹了一身骚，只能卷铺盖走人。那位同事离开时忠告他：漂亮的女人就是个地雷，漂亮又有心机的女人更是个超级地雷，谁踩谁死！"丝丝绝对是个超级地雷，她想拿到我的把柄，让我给她多安排些好处了。哎，这始终还是一笔生意。"华哥暗暗骂道，顿时有一种后怕的感觉，像丝袜上有一道勾痕，使一股凉意从脚底悄

悄往上爬。

华哥说："与人交往，贵在真诚和用心。我可是拿真心交四海兄弟。"一位单位领导出差，购票任务安排到华哥的另一位同事手上。这位同事通过电话和网络一查，发现那趟车已经没票了，他便试着来找华哥，华哥看那位同事可以结交，便说道："你把身份证给我，然后等我消息吧，我帮你搞定！"

华哥就用心想办法，20分钟后，他给那位同事回了信息，说："事情已经办好，你到南宁票务中心办理即可。"那位同事大喜，连声说道："在车票最紧俏的时候，你还能帮我搞到火车票，我认你这个大哥！"

还有一次，华哥负责接待陕西的客商，对方拍板投资项目后，行程中还有一天闲暇时间。华哥便把客商们安排到附近的靖西市品了屈头蛋，参观了绣球城，游玩了通灵大峡谷，之后又驱车前往大新县，撑着竹筏领略了跨国大瀑布的美景。他们走到哪，就喝到哪，华哥接待对方的态度简直比接待亲生父母还要热情。客商临走时还问："小老弟，你什么时候到陕西，我好好招待你……"

华哥没在意，把双方这句话当作一句戏言。

十年后，华哥出差去到陕西西安，那位他曾经接待过的客商得知华哥来到西安，就专门赶过来请他吃饭。客商说："当年你朗诵李白的《将进酒》，把我灌醉，让我人生第一次喝断片就在边境，这回我给你唱陕西民歌，也得让你喝断片了。"他这话让华哥无法拒绝。那天晚宴他俩你一杯，我一杯，民歌就唱起来了：

青线线（那个）蓝线线，蓝格英英（的）彩，生下一个兰花花，实实的爱死人。

五谷里（那个）田苗子，数上高粱高，一十三省的女儿（呦），就数（那个）兰花花好。

正月里（那个）那个说媒，二月里订，三月里交大钱，四月里迎。

三班子（那个）吹来，两班子打，撇下我的情哥哥，抬进了周家。

兰花花我下轿来，东望西照，照见周家的猴老子，好像一座坟。

你要死来你早早地死，前晌你死来后晌我兰花花走。

手提上（那个）羊肉怀里揣上糕，拼上性命我往哥哥家里跑。

我见到我的情哥哥有说不完的话，咱们俩死活呦长在一搭。

这些歌词字字刺入华哥的心里，这时，陕西客商搂了他一把，让他有些激动，眼泪在眼窝里打转，就如同清晨枝叶上的露珠，稍一碰撞就会滚落下来。

2012年，华哥考取了公务员，离开边境小城，来到广西首府南宁。他在南宁五象新区买了房。2018年，华哥儿女双全，还把父母接到首府，之后，便很少回村。

丨 十六哥

十六哥生于1982年，在家族兄弟姐妹中排行第十六。

十六哥是九伯的第二个儿子。九伯母婚后多年未育，着急的九伯独自一人来到桂平西山烧香拜佛求子。第二年立春，十六哥就出生了。后来，十六哥的弟弟也出生了。至于是不是九伯拜佛求来的儿子，那就不知道了。

十六哥长得斯文，性格安静。在成年之前，他整日跟着父亲捕鱼，算是与水打交道，与鱼为伴。

十五哥是十六哥的堂哥，他平时都开着大货车走南闯北。每逢十六哥有空，十五哥便带上他，开着货车到处疯跑。自从第一次上了货车，十六哥便对汽车着了迷，他甚至觉得开车比捕鱼更能赚钱。

于是，十六哥就先到南宁市开起了水泥搅拌车。

十六哥至今还记得他开车上路第一天所发生的状况。一大早，他就从南宁市区出发开往武鸣的一个建筑工地。一路上，他小心翼翼，如履薄冰，开了差不多1个小时，终于顺利来到了工地。但是，当他从工地返回的时候，却觉得有些犯困。在经过一个右转弯时，十六哥把车子方向盘稍微转动得大了一些，他意识到后赶紧回轮，可车子还是“砰”的一声，陷进了排水沟。十六哥吓了一跳，他赶紧下车看看问题严不严重。后面的工程车领队骂骂咧咧地跟了上来，他发现排水沟已被垃圾填满，车子后轮陷进去不深，便马上安排十六哥去找来砖头，垫住车轮。之后领队叫来了老司机才帮他把车开出了排水沟。

十六哥说，那次事故之后，老板差点就让他走人了。幸好大家帮着说情，他才能留下来继续开搅拌车。

后来，十六哥跟着十五哥去了广州，到广州后，他首先开的也是水泥搅拌车。他说在广州，这种车没人愿意开，工地老板就让他来开。老板在买车时，已经让厂商把搅拦车的罐体做大，当搅拌车在行驶时，搅拌罐依然在不停地转动。如果遇到紧急情况，司机一刹车就容易重心不稳，控制不住车辆，甚至发生事故，而一旦发生事故，倒霉的就是司机。

后来，十六哥开起了泥头车。

十六哥说，开泥头车的收入要比开搅拌车多一些。他只管握紧方向盘，按照车队事先规划好的路线不停地开，就能完成任务了。但是他一天至少要驾车10个小时，每一个小时都像是在飞。

我问十六哥："你们开泥头车，就不能放慢点速度吗？"

十六哥叹了一口气，说："我也想慢慢开，但是开慢了，收入就少了。泥头车司机是按往返的次数来算钱的，不开快点，达不到任务量我们不仅白跑一天，还得搭上油费。"

十六哥说，拿到土方的承包商和车队队长一般都会在工地和土堆之间设两个打卡点，最后按照打卡的次数来结算工钱，所以，为了多赚一些钱，他只能按照对方的要求，快速往返于工地和土堆

之间。

为了赚钱，十六哥真是豁出去了。有一次，他从晚上10点一直开到了第二天早上6点。8个小时里，他在工地和土堆之间，跑了8个来回，每一个来回40公里。他说，这都是被逼出来的，一旦车队的队长通过监控发现车速过慢，就会通过无线电来提醒，让他们加速，不然谁都想开得慢一点。

十六哥还说，虽然开车时他们被车队队长催得要命，但是到了要钱时对方却总是装聋作哑拖着不给。他们甚至还得跟承包商老板斗智斗勇，有时候甚至要豁出性命才能拿到钱。2010年春节前的一个月，工地停工了，大家都想提前回家过年，于是他们就找到车队队长要钱。队长说工地包工头没给工钱，他只能先欠着大家的工资了。又等了一周，大家的工钱还是没有着落，眼看着离春节越来越近，大家都等不及了。于是，十六哥的几个同乡就拿着一个纸箱来到队长的房间，他们一进门就把门反锁起来。

十六哥是陪同，他要看领头同乡的眼色见机行事。

领头的同乡先点燃了一支烟，深深吸了一口，然后吐出一片烟圈说：“队长，咱们这工钱今天你给也得给，不给也得给。”

“你以为我会怕你们?”队长见惯了不少这样的场面，不甘示弱。

“那咱们就一起死吧，反正没钱了，离死也不远了。”另外一个同乡大声道。

十六哥第一次遇到这样的情形，他吓得手心直冒汗，腿也有一些发抖。但是他表面上仍然装作若无其事，点上一支烟，慢慢地吐着烟圈。

队长看了看地上的纸箱，又看见十六哥手里拿着打火机，似乎明白了什么。他想要去翻纸箱，却被大家制止了。

“你再动我们就点火了！”领头的同乡情绪激动。旁边的十六哥一听，连忙打着打火机，准备往纸箱上烧。

队长一看这架势，马上软了下来，他立刻给工地包工头打了个电话。

包工头担心大家的纸箱里可能藏有炸药，连忙带了一麻袋现金赶了过来。

见到一屋子怒气冲冲的人，包工头也不惊慌，他拍了拍那一麻袋的现金，说：“兄弟们，我们都是求财，有事好商量。”

“好商量个屁，你赶紧把工钱给我们结算了。”十六哥也按捺不住了。

最终，大家各自拿到了工钱，心满意足地回去了。

回到住处，十六哥偷偷打开了纸箱，看见里面只装了两箱牛奶。他差点笑出声来。领头的同乡瞪了他一眼，然后丢给他一包烟，自己披上一件破了袖口的风衣，转身出了门。

虎　哥

虎哥姓梁，本名梁一虎。在村庄没有被水库淹没之前，梁家一直都是村里面的大户。沐浴着改革开放的春风，虎哥家于1987年左右，托亲戚买回来一台14英寸的黑白电视机。全村老少都跑去他家看热闹。大伙儿围着电视机东瞅瞅西看看。一些胆大的，还摸了一下那个玻璃屏幕，脸上流露出前所未有的新奇和欣喜。年纪大的老人怎么也想不明白这一个黑色的箱子里面究竟藏着什么奥妙。

去看电视是我爱去虎哥家串门的原因之一。

傍晚时分，虎哥的父母就把电视机摆放在堂屋门口的一张木桌上。不一会儿，院子里就站满了人。最先来到的肯定是小孩，他们在电视机前席地而坐，老人们则是搬来椅子坐在比较好的位置，其他年轻人只能站着围观。

有了虎哥家的这个黑白电视机，村里单调乏味的夜晚就多了一些乐趣。“看电视去！”成了大伙儿见面说得最多的一句话，虎哥家自然成了全村的娱乐中心。虎哥父母都是热心好客的人，他们每天晚上天一黑就把电视机搬到家门口，等着村里人来观看。当时我们“80后”的小孩最积极，胡乱地吃了几口饭就火急火燎地去占位置了。到了晚上七八点钟，忙碌了一天的大人们也陆陆续续地到来。

有时候，电视机刚打开时，信号不太好。当时虎哥家没有安装室外天线，屏幕上白花花的一片，连个影也看不到。虎哥父母赶忙小心翼翼地把电视机自带的两根天线抽到最长，然后用手“咔咔咔”地调换频道。他们忙活了半天，屏幕上终于出现了晃动的图像，虽然图像有些模糊不清，但毕竟让村里人领略到了电视机的神奇。有的时候电视机要靠人摸着天线，图像才能稍微清晰一点，但是一松手屏幕上就又白花花的，看不清了，因此虎哥的父母也常常在电视机前手忙脚乱。

一个月后，虎哥家装上了室外天线，从此，电视机的信号就好了，影像也清晰了许多。

或许是因为家里有电视机的缘故，那时候在我们小伙伴中，虎哥就很有权威，我们都以结交了虎哥这样的朋友为荣。毕竟在改革开放的初期，电视机对于普通老百姓来说可是很稀罕的，也是寻常人家不敢问津的奢侈品，村中虽然也有经济条件不错的人家，但是一说到买电视机，他们还是没舍得花这个钱。

虎爸是做木匠为生的，他做的家具是当地最好的，销量也很多，因此那个时候虎哥家境很殷实。虎爸对自己的手艺引以为傲，他希望虎哥将来能子承父业。然而，虎哥却不喜欢捣鼓父亲的那些斧头锯子，他喜欢舞文弄墨。村里的小伙伴们每到周末，都是上山掏鸟、下水捉鱼，到处疯玩，而虎哥总爱躲在家里捧着书看，就连大人们都笑他像女孩一样总是躲在闺房里。

正是因为虎哥如此“另类”，才使他的学习成绩在同龄人中遥遥领先，成为村里为数不多的大学生之一。因为爱好文学，他在大学也选择了汉语言文学专业。

2006年，虎哥大学毕业了。因为大学扩招的原因，当时大学毕业生的就业压力非常大，大家都说汉语言文学专业就业前景不好，毕业就意味着失业，虎哥却不以为然。虎哥父母发动亲戚朋友帮他找工作，想让他到学校里当老师，但人家一听是中文专业，就直摇头，说现在各学校最不缺的就是语文老师。

虎哥一直想做一个语文老师，他在读大学的时候就专门考取了教师资格证书，还获得了普通话的二级甲等证书。

虎哥打探到，县里有一所高中，正在大量招收各科老师。虎哥去参加了笔试，他觉得笔试题目很简单。从考场出来后，虎哥对自己信心满满，因为语文一直都是他的强项。虎哥爱写散文，他在学校的校报上，也发表过自己的作品。虎哥对于这次笔试胜券在握，他甚至都在为接下来的面试提前做准备了。但事情往往不如人愿，虎哥没有接到面试的电话。直到他自己主动打电话去询问时，才知道自己这次笔试的分数才70分。这个分数，让虎哥难以接受，他几乎要吼出来："怎么可能？"很长一段时间，虎哥都在质疑这个分数的真实性。

虎哥从县城回到村里。晚上他坐在晒谷场上，与星星对望，自言自语，星星仿佛在听他诉说着这个悲伤的故事。后来虎哥问了大学的同乡朋友，才知道自己报考的这个岗位是因人设岗。虎哥终于明白，对于一个出身于农村，又没有什么背景的人来说，他注定是被戏弄、被遗忘、被抛弃的，他彻底惊醒了。他觉得县城这个地方太小了，到哪儿都要凭关系，自己没有能施展才华的舞台。"我不想在这儿找工作了，我要去广东。”虎哥想明白后就冲回家，张口就对父母说了这句话。那一刻，时间好像静止了一样，大家谁都没有说话。过了一会，虎爸跟他说：“也好，你去外面闯闯吧。”

虎妈却劝他说：“还是缓缓吧，县城的学校进不去，镇里面的学校我们可以想想办法。”虎哥斩钉截铁地说：“我还是想到外面闯闯，看看自己有几斤几两。”虎哥知道，母亲这样说，主要是不愿意让他在外漂泊，也舍不得他离开，毕竟儿行千里母担忧啊。“妈，您放心吧，我在那边有几个师兄可以关照我。”虎哥安慰母亲说。

最终，虎哥坐上了南下广州的火车。一出广州火车站，虎哥第一次体验到书里讲的“我国有13亿人口”的真实性。看着涌动的人流，林立的高楼大厦，虎哥心中兴奋不已。但短暂的兴奋过后是迷惘，在这人生地不熟的城市，自己该何去何从呢？虎哥在火车站广场蹲了两个小时，犹豫着要不要打道回府，但他最终决定，随意坐上一辆公交车，公交车的终点在哪，他就从哪开始自己的奋斗之旅。两个小时后，虎哥下了公交车，到了广州市黄埔区的一个城中村。接着，他从仅有的800元钱中拿出200元，租了一间昏暗的单间住下，然后便开始找工作。

经过几次面试，虎哥顺利成为了一家培训机构的作文老师，一个月1500元的工资，包住。这对于刚毕业而且出门在外的虎哥来说也算不错了。只是虎哥原本想做的是公办学校里的一名老师，而今却做了培训机构的老师。虽然都是老师，但是目前的这个职业，总让他感到些许失落，个中滋味也很难用言语来描述。但好在虎哥一向喜欢语文，更喜欢文学。现在教中小学生写作文，也算是与他

的兴趣相合。在虎哥刚开始的职业生涯中，既要适应陌生的环境，又要缓解背井离乡的苦楚，以及工作竞争的压力，当一系列的问题都扑面而来，让他几乎窒息。

虎哥说，他也曾打过退堂鼓，想回老家县城谋个差事就算了。但一想到在老家的遭遇，他就咬咬牙，坚持了下来。就这样虎哥一干就是半年，他也在这一行做得更加得心应手。只是培训机构的老师相对学校老师来说，工作压力大得多，除了要教学，还要与学生和家长进行很多的服务沟通，更要协同市场部进行招生。另外，他们周六周日还要全天上课，这对他的体力与脑力都是挑战。2006年的秋季，虎哥被派到一个新校区上课。每周六早上8点上课，他要5点半起床，6点出门，然后坐90分钟公交车才到新校区，接着一天要上4个班的课，每个班上2个小时。刚开始，由于压力大，虎哥每到周五晚上就容易失眠，失眠归失眠，白天的课还是得照上，日子异常的煎熬。为了解决这个问题，虎哥每到周五晚上睡觉之前，就一口气喝光一瓶红星二锅头，然后倒头睡觉。但三个月后，一瓶二锅头也不足以让他入睡了，得加到两瓶了。谈及此事，他开玩笑地说自己上课的能力上来了，酒量也跟着上来了。就这样，在酒精的帮助下，虎哥完成了那个学期的教学工作。在这学期中，虎哥的作文教学能力得到了提升，家长和孩子们都很喜欢他。渐渐的虎哥觉得自己所在的机构太小了，想寻找更大的舞台，让自己有更大的提升。

机缘巧合之下，虎哥联系上了他在广州工作的同学，得知同学的一个朋友在广州花都区一家全国连锁的作文培训机构工作。公司口碑和待遇都很不错，于是虎哥辞去了原先那家机构的工作，成功应聘到了那家全国连锁的作文培训机构。在这家机构，虎哥可以学到更专业的作文教学方法，当然最重要的，还是这家培训机构的待遇。他听说那个同学的朋友是小有名气的“明星”老师，每月有1万元的工资。

虎哥也渴望能成为明星老师。他比任何老师都努力去钻研教学。别的老师写5页纸的教案，他每次都写10页；别的老师不愿意上的年级，他主动申请去上；别的老师下班后去吃夜宵，他则匆匆回宿舍练习上课……

虎哥的努力没有白费，两年多的时间过去了，2009年的时候，无论是作文教学课，还是招生课，或是学校教研课，虎哥都能很好地完成。同时，虎哥也得到了公司领导的重用，他当上了教学组的组长，薪酬也涨到了7000元一个月，距离成为一个明星老师的目标越来越接近。此外，虎哥的认真与努力还打动了公司里的一位女同事，他们恋爱了。一年后，虎哥终于顺利当上了明星老师。同年，虎哥结婚了。

当上了明星老师后的一段时间里，虎哥感到十分的幸福。然而半年后，他却感到心里空落落的，人生的目标似乎都没有了。无尽的迷惘袭来，让虎哥情绪低落，工作也没有了之前的干劲。于是，虎哥第一次被他的上级领导批评了。领导说虎哥现在能够被家长、学生认可，是公司的平台成就了他，离开了这个平台，他什么都不是了。听了领导的话，虎哥眼前一亮，是啊，现在的成绩都是平台给的，如果离开了公司的平台，会有多少人认可自己呢？虎哥感觉

叙事作文
立意
确定主题
技
时间
地点
人物

自己一下子又找到了人生的新目标，他做出了一个决定——辞职，然后找家小的培训机构做“试验田”历练自己，为将来自己开培训机构积累经验。

说干就干，2011年底，虎哥辞职了，然后他找了一家小的培训机构，拿的工资是原来的三分之一。这个决定，让他的家人和朋友们都不能理解。虎爸气得都快要住院了。但是虎哥清楚地知道，这是完成大目标之前的必要牺牲。在这家小机构，虎哥把这些年的经验都用了上去，效果明显。这家小机构在虎哥加入一年后，来参加作文培训的人数由原来的130人变成了450人。机构的老板很器重虎哥，给他涨了两倍的工资。在证明了自己的实力后，虎哥想自己开培训机构的想法更加强烈了。他想着：现在自己的能力可以了，可是没有启动资金，怎么办呢？

带着自己的疑虑，虎哥咨询了他的朋友们。大部分朋友建议他和老婆一起租个地方开“夫妻店”。但虎哥没有听从朋友的建议，因为他的梦想不是开一家小的培训机构，而是要往更大规模去发展。在和朋友们交流的过程中，虎哥有两个朋友也有类似的想法，于是他们三人一拍即合，开始创业。

都说万事开头难，虎哥拿出自己仅有的几万块钱，又和家里借了3万元钱。三个合伙人凑了不到20万元，就开始干起来了。想到资金有限，他们就租了一个20平方米的办公地点。他们采取了找其他机构谈合作分成的方式开始创业。他们跑了一个多月，找了八家愿意合作的机构，签订了合同。接着，招老师，办培训，跑市场，发传单，招学生……一系列工作紧锣密鼓地进行着。虎哥说那

个时候，从早到晚，自己都有使不完的劲。有时候为了讨论一个招生方案，几个人研究再研究，反复讨论后，才得出最优方案。创业初期，加班是家常便饭，他们经常加班到深夜一两点，有时候甚至通宵加班。

由于是新开的培训机构，没有品牌影响力，所以招生比较困难。虎哥他们就利用给家长免费上6天课的形式，吸引家长带孩子来听课。这样一来，报名听课的孩子多了起来，虎哥和他的同事们也重点抓教学质量与服务，上过课的孩子和家长们都比较满意。但是大部分家长更相信有品牌影响力的机构，所以上完了免费的体验课，再报名收费课的家长并不多。由于没有品牌优势，虎哥的培训机构所收的费用比其他机构还便宜三分之一，好在还是有一小部分家长愿意报名。第一轮的6天体验课下来，虎哥他们招到了30多名学生。虎哥在体验课结束后的总结会上，激情澎湃地对仅有的5位同事说："星星之火，可以燎原。"

在虎哥的激励下，他们的团队又进行了一个多月的招生体验课。在两个月的招生工作中，虎哥和他的团队招到了430多名学生。这让虎哥他们对未来充满了信心。2013年10月，我到广州找虎哥，来到他办公的地方。他的办公室有些闷热，没有空调，只有一台吊扇在头顶呼呼地吹着。几位老师汗流浃背地忙碌着，办公室显得很拥挤。虎哥搬了两张椅子，和我坐在办公室外的走道聊天。他看着我笑了笑说："不好意思，这里没有空调，我们现在刚起步，很多地方需要用到钱，所以只能租这么大的地方，能省则省，明年应该可以搬到更大的地方。"我连忙说："不是很热，你们这挺好，老师们好有干劲。”看到虎哥比较忙，我没好意思打扰太久，就以有事要忙为由匆匆别过。

12月份的一天晚上，虎哥打电话来向我借5000元，他说现在自己开机构，每个合伙人每个月仅发3000元工资，日子过得比较艰难，这半年来他已经刷了一部分信用卡，现在需要5000元先还信用卡，之后有钱的时候再还给我。我问虎哥要银行卡号，第二天就把钱转给了他。一直到快过年，我和虎哥都没有再通过电话。记得腊月二十四号那天，虎哥打电话给我。电话里支支吾吾的，好像有事要和我说，却又不便启齿。我很直接地问他是不是遇到什么难处了，他不好意思地说能不能再借他2万元。他说他们秋季招生收的费用已经用来结完工资和奖金发给老师，还给广告公司结清了欠款，他身上只剩下十几块钱了。寒假和春季招生的费用，合作方要到来年4月才打款。现在，他们三个合伙人没有钱回家过年，连买一张汽车票的钱都不够了。听虎哥说完，我便答应明天就转钱给他，并和他约好过年一起聚聚。虎哥不停地说谢谢，并一再说4月份一定把钱还给我。

2014年春节前夕，虎哥和虎嫂来我家玩，给我和家里人带了礼物。我看虎哥比10月份见面的时候胖了一些，我开玩笑说他发福了，广州的水土养人啊。虎哥苦笑着说：“别人是越忙越瘦，我是越忙越胖，被压力压胖的。”我留虎哥在家吃了一顿饭，我们相谈甚欢，他和我讲了许多创业中的事，也讲了他的目标。从他的话里，我感到他对未来充满了信心，也仿佛看到他规划中的分校正一个个发展起来。

过完年后，虎哥回到广州继续招生，同时招聘老师进行培训，到了4月中旬虎哥如约把2万元钱还给了我。然后，我们各自为自己的工作忙碌着，没有过多的联系。一直到2016年6月，公司派我到广州出差，出差的空隙我想去看望虎哥，便打电话给他说想过去找他聚聚。虎哥说现在他们不在原来的地方办公了，他们开了三家分校，叫我到天河分校找他。我到达虎哥所说的的校区，走进校区，就看见明晃晃的几间大教室里，老师们在做教研，整个校区将近600平方米。虎哥把我请进他的办公室，开玩笑说："这回你来，不用像上次一样热得满头大汗了。"我询问了虎哥现在的情况，他告诉我，他们开了三家直营的分校，有八家稳定的合作分校，招收了1500多名学生，算是扎下了根。我替虎哥感到高兴，我想，他总算苦尽甘来了。

都说好事多磨，2017年暑假，虎哥休假回老家。这次我看到他的时候，他脸上没有了往日的意气风发，反而是一脸的落寞。晚上虎哥请了我们几个发小一起去他家吃饭。几杯下肚，大家话也多起来。我问虎哥怎么了，是不是遇到什么事了。虎哥极力掩饰说没事，可是从他的眼神里我们都看得出，肯定出事了。在我们一再追问下，虎哥举起一整杯白酒一饮而尽，喝完后竟然埋头哭了起来。我轻拍着安慰他说没有过不去的坎，有什么就和我们说说，说出来就好了。

哭过之后，虎哥擦干眼泪，对我们说道："我们几个合伙人散伙了，好好的一个公司，现在四分五裂了，这么辛辛苦苦做起来的公司，说散就散了……在创业刚开始的时候，我们几个合伙人因为意见不统一，有过争吵，有时一激动甚至都快打起来了。但是那时候大家的出发点都是为了公司好，争过吵过也不记仇，那时候公司没钱，很苦，很累，但是我心里感到充实，感到快乐。可是从2016年底，公司有点钱了，他们就总想着分钱。每次争吵的不再是公司决策上的事，更多的是公司股份，大家总是盯着公司的钱看。我还想把公司再做大做强一些，想着把赚来的钱用来扩大公司的规模，可是他们不同意。今年三四月份我们几个人碰了好几次头，最终因为他们股份占比加起来比我多，只好按他们的意愿把公司按股份折算成人、财、物给分了。哎，都怪我自己，开机构不是那么容易的事，不是把课上好就可以了。关于股份的知识，关于管理的知识，很多都不懂，都不懂啊，也是我活该，活该……”

虎哥说完，又端起酒杯喝了半杯酒，然后一言不发，默默地流着眼泪。我们几个发小不停地安慰他，一致认为以他的能力，一定能东山再起的。我第一次看到虎哥哭，我想，他也只有在我们面前才会敞开心扉发泄这些苦闷与不甘。虎哥喝醉了，哭着哭着，他就趴在桌子上睡着了，我们只好扶他去休息。第二天，我见到虎哥时，他已经在院子里帮虎爸晒玉米。他剃去了胡子，在阳光的映照下，脸上泛着红润的光。我知道，虎哥又重新站起来了。在家休息两天后，虎哥坐上了回广州的高铁。

2019春节，虎哥从广州回来过年。他路过南宁顺便来找我，我说去高铁站接他，他说不用接，他是开车回来的，让我把小区的定位发给他就行。半小时后，一辆崭新的奔驰轿车出现在我家楼下，虎哥和虎嫂从车里走出来。我问虎哥开车累了吧，虎哥说不

累，车是虎嫂开的。虎嫂幸福满满地告诉我说，这辆车是虎哥买给她的生日礼物。虎哥开玩笑地说："我没有时间去学车，又请不起司机，只能请老婆做司机了。"

我在家里招待虎哥，问他近况如何。他激动地说，现在他自己单独干，又新开三家校区，有30多位员工，1800多名学生了，比上次散伙之前还多了一些。现在他们的日子好多了，骨干也培养起来了，团队也比较稳定了。虎哥还跟我说，2019年底，他的目标是要把校区扩充至12个，员工增至50人以上，学生招到3000人以上，一年的营收要达到1000万以上，个人的收入要提升到7位数，我不得不为虎哥坎坷而精彩的人生喝彩。

| 胜　弟

胜弟，是我最小的堂弟。他出生于1995年，是本书中唯一的“90后”。胜弟高瘦，长着一张长脸，薄嘴唇，高鼻梁，眉毛浓密，手指细长。他的名字是阿公取的，意思是要赢，要旗开得胜。

阿公好赌，也赌得豪气，赢得多的时候，用蛇皮袋装钱；输得多的时候，就把家里的牲口拿去做赌注，有时连自己穿着的裤子都当了赌注。为此，阿奶没少指责阿公。

阿公就像“死猪不怕开水烫”一样，听阿奶唠叨多了，他就撂下一句：“我就愿意赌，谁也管不着，谁有本事就把我抓进派出所。”

胜弟的父亲是我的小叔。有一天，天快黑时，我看见小叔拿了一条裤子出门，边走边骂骂咧咧。

我想探个究竟，就走过去问：“叔，是谁惹你生气了？我帮你教训教训他。”

小叔停了下来，气呼呼地说：“我老头子在村口的大树下蹲着呢，他赌输了，你知道吗？他不是第一次赌输了，这次连裤子都输没了，在那光着屁股，那么老了，丢不丢人！你去教训他？你教训得了吗？”

我一听，知道小叔正在气头上，连忙劝他待会注意语气，免得伤了父子情面。

小叔倒是听劝，见了父亲，好声好气地把手上的裤子递了过去。

阿公穿上裤子，没有要罢手的意思，他朝小叔挥挥手，让小叔离开。小叔知道自己劝不住这个老赌徒，心想但愿父亲不要又输掉这条裤子，不然就要穿冬天的棉裤了。阿公好赌，小叔又没有太多的收入，家中自然缺些衣裤。于是，小叔换了一副笑脸，笑眯眯地说："那您可一定要把裤子赢回来，大家等着您吃饭呢。"

阿公蹲着，头不抬，话也不接，继续他的"赌博大业"。

胜弟的成长也受到了阿公的影响，他说，人人都可以成为赌徒，因为人人都有想赢的欲望，赌徒只是把赌博当成了习惯，在他们眼里，赌博就像吃饭一样，不赌不行。

小叔和婶婶在家的时间少，胜弟就由阿公和阿奶照看。阿奶在家要做家务，在外要下地干农活，照看胜弟的时间不多。胜弟能走会跑后，大多数时间是跟着阿公在村里转悠，由于受阿公的"熏陶"，胜弟在4岁半时已经走遍村里的"赌场"，熟悉各种赌博术语，还会玩不同的赌具。在大家的怂恿下，胜弟也会偶尔跟着下注。说来也怪，只要他下注，无论赌注大小，从未输过。到了5岁，胜弟不再跟着阿公出入各个"赌场"，他有了自己的小伙伴，也有了属于他们自己的"赌场"——五伯的碾米房。趁着长辈们不在，胜弟就和小伙伴们在碾米房摸牌玩，"赌注"是花生、红薯、野果、纸牌、糖果等。赌赢了，他便把"赌注"拿回家去，给阿公和阿奶。两位老人乐呵呵地收下，也不问这东西的来历。

胜弟不仅在“赌场”上有小聪明，而且他记忆力也强，能把听到的故事绘声绘色地讲给大家听。”在村里放牛时，大家都是让牛在旁边吃草，然后围着胜弟，听他讲故事。胜弟的算术也特别好，做加加减减时，别人要掰手指数，用树枝划，他只要腿轱辘一转，就能把答案算出来。

良好的记忆力，大大增加了胜弟在赌局中的胜算。无论是打扑克，还是打麻将，他总是赢多输少。

胜弟上学后，受到了学校教育，知道了赌博的坏处，便极少出现在村里的“赌场”。不过，他对扑克、麻将、牌九等娱乐项目还是有极大的兴趣。

高中毕业后，胜弟终日闲暇无事，又走进了久违的“赌场”。他心想：玩一把，不碍事。即使不玩，在边上看着，也比在家里待着强，在家多无聊啊，在这里大家有说有笑，说不定自己还能赢上一把。打定主意后，他向同学借了50元作为赌资。胜弟一开始下赌注就得心应手，不到3天，便赢了将近1000元。胜弟飘飘然了，他心想，自己3天便赢了这么多，要是继续赌下去，很快就有1万元了。只要赢到1万元自己就收手，毕竟赌博真的是违法的。然而事与愿违，胜弟在一个晚上的上半夜赢到了8000元，可到了下半夜，他就输得分文不剩。他回到家时，朝阳初升，绽放万道霞光，院子里鸡鸣鸭跑，小叔刚刚煮好早饭。

小叔没想到胜弟彻夜未回竟是去了“赌场”，他见到胜弟的颓废样，气得抄起灶台边上的柴火就打了过去。胜弟知错，不逃也不

躲，让父亲打了个够。

早饭过后，父亲让胜弟到南宁找勇哥，跟勇哥学点谋生的本事。

胜弟知道自己考上大学无望，他心想离开村子去找勇哥还能见见世面，总比在家天天跑“赌场”强，再说勇哥这几年赚了不少钱，大家都认为他很有本事，或许跟着他多多少少能长长见识。

2016年9月初，在送别了其他去上大学的同学之后，胜弟来到我家，向我借了1000元钱，作为路费和短时间的生活费用。

胜弟出发的时候，我没去送他。他将要离开熟悉的环境，开始新的人生。我也有些担心，毕竟一个高中毕业生，在陌生的地方，又缺乏技能和知识，谋生是并不那么容易的，可我转念一想，在这个竞争激烈的社会又有谁是容易的呢?

勇哥安顿好了胜弟，并安排他在汽车修理厂当学徒。胜弟和勇哥吃住都在一起。勇哥的修理厂不算大，四处透风，还夹杂着汽油、润滑油等各种臭味，地板肮脏，工人不多，这里有风扇，有开水，有音乐。胜弟干了一个月，觉得这是个邋遢的活，不体面，不自由，便向勇哥提出了辞职。

勇哥知道胜弟在村里嗜赌成性，如今见他辞职，也不挽留，就严厉地告诉他：“要是今后你混不下去，想再踏进我的门口，我就打断你的腿。”勇哥话中有威胁，也有无奈，更有着恨铁不成钢的意味。

胜弟从勇哥的住处搬出来，来到了广州佛山找英姐。他心想，英姐在佛山打工，他们已经许久不见，上学时自己常得到她的资助，不如趁此机会去道个谢，顺便看看那里有什么工作机会吧。

胜弟见到了英姐，两人寒暄过后，谈起了村里的人和事。到了晚饭时间，英姐留胜弟一起吃饭，胜弟不肯，执意要走。英姐知道胜弟的境况，就拿了2000元给他，对他说："你不妨去试试其他工作吧。"

胜弟走在佛山夜晚的街道上，这里到处霓虹闪烁，显得热闹而繁忙。突然，一张巨大的外卖广告牌跳入眼帘。回想起自己高中点外卖的经历，胜弟觉得送外卖，风雨无阻，虽然辛苦，但收入不菲，或许是不错的选择。经过一番思考，胜弟决定回到广西，到南宁送外卖，毕竟那里离家更近一些。

现代人们的生活节奏很快，催生了外卖行业的发展。冬天的南方，阴雨连绵，是人们点外卖的旺季，马路上、写字楼、住宅小区……随处可见外卖小哥的身影。

清晨，太阳还没出来，胜弟就起床了。一起床，胜弟就穿上了工作服，带上工作证，骑着电动车开始奔忙在路上。他要赶着给客户送早餐外卖。这时，路边的包子店已经早早营业，热气腾腾的包子、烧卖、馒头、花卷……静候着买主。但是胜弟却来不及吃上一口早餐。从早晨6点半到上午9点，他拿到了20个外卖订单。

胜弟告诉我，早上的第一批外卖，距离会比较近，通常都在2公里范围内。因为经常送外卖，胜弟和客户逐渐熟络起来。即便如此，送外卖也容不得半点马虎，他必须按时送到，否则很容易被客户投诉。

送外卖不比修汽车轻松。胜弟说，有一次，他要把外卖送到7

楼，但是由于是阴雨天，骑车不方便，所以到楼下的时候还剩3分钟外卖平台就会显示送餐超时了，他来不及等电梯，拿着外卖就往楼上跑，结果只用两分半钟就把外卖送到了。客户知道当天的路况，看见他气喘吁吁的样子，加上并未超过预定时间，便没有投诉他，反而对他的敬业精神表示赞许，并且给了他好评。当日，胜弟手机上的日行步数显示达到了2.7万步。

胜弟笑道："我在村里的时候，就已经练就了'飞毛腿'。年轻嘛，腿脚有力气，跑得动。"胜弟告诉我，他每个月必须送够500单才有基础工资，他通常都能达到600～900单，如果超过900单，外卖平台会根据不同的区间给予不同的工资奖励。总之，送的外卖越多，工资就越高。

胜弟说，比他入职早两年的同事，每个月能拿到上千单外卖订单，这意味着能有将近1万元的收入。但每月上千的订单也就意味着外卖小哥必须从早上6点半忙到晚上11点半，甚至凌晨。

碰到雨天，外卖订单量就会翻倍。这样算下来，胜弟一个小时就能净赚上百元。

在春节前后，部分"外卖小哥"还没有上班，但客户对外卖的需求并没有减少，每个在岗的"外卖小哥"接到的订单数量会更多，正常情况下，平均每天有三四十单，下雨的时候就会有七八十单。可观的收入，使得胜弟越来越勤奋。胜弟送外卖的时候，也用心琢磨怎样才能拿到更多的订单。他告诉我，送外卖的收入，完全取决于个人的努力程度，越努力，收入就越多，有的"外卖小哥"一个月有超过万元的收入，但也有的一个月挣的钱才刚够自己的生活费。

胜弟做了一年多的“外卖小哥”，几乎每个月都有上万元的收入，但是某一天他开始觉得送外卖限制太多，不够自由。于是第二天早晨，在接到第一个订单后，他辞职了。辞职后的胜弟，每天早早起来，然后去跑步，到了早上8点半，就准时吃早饭，生活变得极有规律。有一天，他的同学打来了电话，他们相互说起了近期的生活。他的同学在广州做“跑腿小哥”，也就是专门帮别人买东西，然后送东西到目的地，包括但不限于外卖，是与送外卖高度相似的一种工作。

胜弟的同学告诉他，这个工作只要有车，有手，有脚，有手机，就能做，不需要进入什么平台或者公司，也无学历和年龄门槛，自己就能接单，工作很自由，收入也可观。胜弟心想，做“外卖小哥”，虽然大多数时候是送外卖，但偶尔也要给客户带其他物品，送慢了，客户会投诉，给差评。做“跑腿小哥”可比“外卖小哥”轻松多了，这样的工作全靠自己接活，没有老板的约束，没有业绩的要求，自己高兴就行。

说干就干！三天后，胜弟来到了广州，与同学见过面，就一头扎进了“跑腿”的江湖。

胜弟从2017年8月份开始“跑腿”。那年他22岁。他告诉我，他要做到25岁，如果赚不到钱，就回到村里，找个农村姑娘结婚。

我说：“为什么是25岁，而不是35岁，或者45岁？现在出行有车，上楼有电梯，送货很方便，而且靠自己双手吃饭，没有人会看不起你。”

胜弟说："其实，我送外卖也可以送到35岁、45岁。可是，我喜欢新事物，我要的是新鲜感，我还年轻，如果不去多尝试，年老之后，我可能会为自己曾经虚度年华而后悔。"

我心想，胜弟是"90后"，与我不同，我是"80后"，我们接触的生活、受到的教育、见过的人，完全不同，他有他的方向，我有我的方向。或许他的选择凝结了他对人生、社会、生活的见解，而我应当尊重他的选择。

胜弟回忆说，有一天凌晨，他接到电话，是一位阿婆打来的，对方希望他能够帮忙买一只安抚奶嘴尽快送上门，因为家中的婴儿一直在哭闹，而婴儿的父母却不在身边。胜弟听出了阿婆的焦急，心中惦念着那个哇哇大哭的婴儿，于是立刻骑上了电动车，沿着大街一路寻找，最终在一个24小时营业的便利店买到了安抚奶嘴。胜弟把奶嘴小心翼翼地放入口袋，然后赶去阿婆家，整个过程只用了不到半个小时。那个哭闹不停的婴儿含到安抚奶嘴后渐渐安静了下来，阿婆立即对胜弟表示了感激，还给了他一个沉甸甸的红包。胜弟向阿婆鞠躬道谢。在路灯下，他拆开红包，拿出钱来数了数，是20张10元的人民币，一共200元。这是他"跑腿"拿到的第一笔酬金。

胜弟告诉我，做跑腿这一行，一定要认得路，说起广州的路，他自豪地说到："广州大部分的路我都认识，平常人熟悉的地方我去过，平常人不熟悉的地方我也去过。"

胜弟"跑腿"，见过不少悲欢离合。他帮人送过价格昂贵的治癌良药，可惜用药的女客户最终还是离开了人世。那是支只有20

毫升的药，被保存在一个小小的玻璃容器里。胜弟仍记得当他把药送给女客户后，对方眼中放出的光芒。他心想，真希望这名客户能好起来，快快乐乐地生活。

女客户是一位患胃癌的中年妇女，这不是他们第一次见面。在此之前，女客户因胃癌引起极度不适，需要到医院治疗，当时也是胜弟负责接送。这是一个孤独的女人，她长期独自居住，丈夫在国外大企业做高管，来去匆匆，相聚极少，女客户身边也没有其他兄弟姐妹。一旦女客户身体不适，就只能找“跑腿”的人接送。胜弟是第二个负责接送她的人。女客户和她的丈夫都对胜弟心怀感激。胜弟告诉我，这客户活泼健谈，学识渊博，见识非凡，待人似姐姐般亲切，还会给他指点迷津。说起这名客户的离去，未满30岁的胜弟唏嘘不已。

我问胜弟：“她离开，你难过吗？”

他说：“她和我非亲非故，我难过什么？我为什么要难过呢？”

我心里想，这家伙又说人家待人亲切，又说人家能为他指点迷津，可如今竟如此回答我，恐是嘴硬。胜弟做了大半年的“跑腿小哥”，遇到了自己心仪的女生。虽然他时常和不同的人打交道，也见过不少世面，但面对那女生，胜弟却半天憋不出一句话来。后来，为了向女孩表达心意，他给女孩子买了鲜花和礼物。女孩子虽然收了礼物，但最后还是在微信把他拉进了黑名单。就这样，胜弟的一段感情还未开始就已结束。他知道，自己孑然一身来到广州，事业未成，无法给女生一个安定的家。

胜弟告诉我，现在他最喜欢做的事就是帮一些男生去车站或者

机场接对方的女朋友，虽然只是帮女生把行李拎到出租车上，但是他内心很满足，他说："你知道吗？当我想象着他们有情人终成眷属的场景，就会很羡慕……"

我心想，他只羡慕别人有情人终成眷属，他自己呢，总不能单身过一辈子吧？

年底了，小叔打电话跟胜弟说："快点回来吧，村里的房子建好了，也装修好了，趁着你还年轻，赶紧找个合适的姑娘结婚吧。"

胜弟说："我25岁之前如果混不出人样，就不回去了。"

他还说，村里的生活，他已经习惯不了……

小叔不知道胜弟早已经不赌了，更不知道他已经存够了在南宁买房的首付款。

| 二十哥

1985年，二十哥出生。他是九伯的第三个儿子，是十六哥的亲弟弟。

2010年，二十哥决定从广州回到村里，那年他25岁。二十哥单眼皮，小眼睛，圆脸，下巴留着胡子，胡子不长，一对招风耳甚是引人注意。多年的社会经历，使他显出不符合年龄的成熟。他人长得魁梧，有着用不完的力气。因此有同村的兄弟邀他到南宁，一同到搬家公司工作。那位同村兄弟已从事搬家工作多年，在行业内小有名气。

二十哥心想：自己虽然没有去过南宁，在那里人生地不熟，但毕竟有人照应，应该吃不了亏，况且自己有的是力气，可不能让这一身的力气白费了。再说了，自己在家闲着也是闲着，还不如去南宁闯一闯，说不定能闯出点名堂来，实在干不了了，还可以回来跟着父亲捕鱼。

想明白了，二十哥就和九伯说，他要到南宁工作。九伯听说儿子要去从事搬家工作，他心想，这个工作辛苦，不稳定，恐怕这家伙做不长久。于是，他就劝二十哥："搬家太辛苦了，你还是别去了，在家跟我捕鱼吧，只要花时间总能捕到鱼，去做搬家工作就不一样了，人家愿意找你帮搬家，你才会有收入。”

二十哥认为，父亲一定是不放心他自己去南宁，担心他赚不到钱。可他觉得自己在广州这样的一线城市都能找到工作养活自己，难道在南宁，这个同在广西的三线城市就不能吗？他开玩笑说：“不用太担心，赚不到钱的话，我第一时间告诉家里，到时候您记得给我汇钱，我才能买车票坐车回家跟您捕鱼。”

九伯还是不放心，可他转念又想：儿子在外面奔波总会交到一两个朋友的，有朋友照应，有同族的兄弟照应，不至于赚不到钱。于是，九伯对二十哥说：“干活要卖力，要有诚信，服务态度要好，不要违纪违法，老实人是不会吃亏的。”

二十哥说：“我已经不是学生了，不要跟我说什么违纪违法了。以前上学，我是经常违反纪律，让您操心，我也知道自己以前做得不对，这些年在外打工生活，我从来没有做过违法的事情。我知道轻重的。”

九伯说：“如果你违法了，就别回来见我了。有时候不是你自己想违法，而是因为不懂法律或者被人蒙骗去犯法。出门在外，一定要学点法律。”

二十哥有点不耐烦地说：“您就放心吧。这么唠叨，能唠叨出钱来？”

第二天，吃过早饭，二十哥就拿了行李出了门。他没和父亲道别，因为他有点伤感，又不想让父亲看出他的伤感。

二十哥去帮人搬家是去干体力活，没有固定的收入，而且还要等着搬家公司的电话，随叫随到。

二十哥说，他第一天上班，是负责搬运一家公司的设备。设备装在一个大木箱子里，箱子约有1.6米高，1米宽，那家公司叫了七八个男员工来抬都抬不动。最后，那家公司找到了二十哥所在的搬家公司。半个小时后，四位40岁左右的精瘦汉子来到了那家公司。他们先对箱子仔细打量一番，用手比划着，商量要如何搬运这箱设备。随后，一位年长一点的汉子先从工具包里拿出一条红色的毛毯，平铺在地板上，然后慢慢地把毛毯垫到大木箱子下，其他人见状，连忙走到箱子后面，用力往前推箱子。就这样，大家利用毛毯，把箱子推进了电梯里，之后又推到了相应的楼层。

二十哥一直在旁边学习他们的搬运技巧，他心想，搬家工作，其实和蚂蚁搬家没什么两样，只要人多，配合得好，就能完成。

掌握了搬运技巧的二十哥，总能顺利完成任务。有时候忙完了，他就斜躺在大货车的车厢往外看，看车水马龙的街道，看暮色沉沉的天空。有时候，他会想，现在自己年轻，有用不完的力气，可是到了年老的时候，还能搬得动吗？他有些茫然。

二十哥做搬运工作，风里来，雨里去，也积攒了一些钱。他觉得自己还可以继续干，而且自己必须继续干。他已经不再抱有回乡跟随父亲捕鱼的想法。他习惯了城市的生活，爱上了城市的氛围。三年后，二十哥离开了原先的搬家公司，拿出积蓄，买了一辆二手面包车，开始自己在大学附近接活。这辆二手面包车没有空调，一到夏天，驾驶室就像蒸笼一样。有时候，他不得不避开红绿灯多的路段，把车开得飞快，让风吹进来，吹走夏天的热浪。他熟悉这一带，知道哪里有红绿灯，哪里不堵车，哪里是近路……

2012年以后，二十哥专门做学生的生意。学生们要搬运的东西，大多是书籍、衣服、被子、电脑、自行车，还有一些锅碗瓢盆、瓶瓶罐罐之类。

二十哥经常说：“不同的搬家人，拥有不同的人生，他们的人生，他们的命运，都被我装进面包车里，我的车子被装得满满当当，我的人生也满满当当。”

每逢毕业季，二十哥都会进入大学校园，帮学生们扛编织袋，往车上放。有时候宿舍楼的电梯坏了，或者没有电梯，他就走楼梯上去搬运。二十哥的搬运费是按公斤来计，有时候遇到钱不够的学生，他也不计较。

他开玩笑说：“大学生生活也不容易，毕业即失业嘛，不必计较那么多。”

二十哥读书不多，所以他很羡慕那些大学生。每次听他们侃侃而谈，他都感觉很长见识。他知道了什么是创业，什么是IPO，什么是PPP……慢慢地，二十哥开始和学生们聊天，每次听到学生赞成他的看法，他都会特别开心，同时他也不忘虚心请教，然后继续和他们深入交流。

二十哥是个热心人。有一次，晚上9点多了，他刚回到自己的出租屋，就接到一个女孩的电话。女孩哭着说，房东把她所有的物品当作垃圾一样丢在了楼道上。女孩请求二十哥过去，帮她搬走这些行李。

二十哥心想这女孩子一定是遇到不良租房中介了。现在那么晚了，女孩子一个人也不安全，不管怎样，这个忙是一定要帮的。于是他匆匆洗了一把脸，就跑下楼，跳上面包车，一踩油门，往女孩的住处开去。

女孩在住处楼下等他。昏暗的路灯，把女孩的影子拉得很长。女孩独自一人，泪痕未干，风扬起她的长发。二十哥安慰她："行李丢了可以再买，只要人没事就好。"

二十哥和女孩用手机照明，上了楼，到了楼道。楼道很暗，地上的东西很多、很乱，分不清哪一些是女孩的，哪些不是。女孩翻找了许久，终于把所有的行李都找到了。两人你一件我一件地收拾行李，装了满满的三个大编织袋，再加上两个大皮箱，一共五件行李要连夜搬走。二十哥饥肠辘辘，但他一口气也不停歇，把行李全都搬到了面包车上。到了目的地，女孩要给他搬运费，二十哥挥挥手，直接上了面包车，消失在夜幕里。

半路上，女孩发来信息，向二十哥表达真诚的谢意，还希望今后能保持联系。

我跟二十哥开玩笑说："这么好的一个女孩子，你们之间没有发生什么故事吗？"

二十哥笑了笑，说："人家可看不上我这个打工仔，你想想看，我没有文化，没有出众的外貌，没有稳定的工作，没有自己的房子，一天到晚只是开着个破车在路上瞎跑，有谁会看上呢？"二十哥见证过很多人的搬家历史。他和一位客户，至今保持着联系。这位客户是四川达州人，吃饭喝汤都要放一把辣椒，虽是四川人，但他说得一口流利的南宁白话。这位客户之前在大学路附近居住，有段时间他生意渗淡，加上生活不节俭，竟然付不起房租，只好趁着

房东外出旅游时，带着一家老小，拖着整整八大编织袋的行李，坐着二十哥的破旧面包车，连夜搬到了城中村，住到了50元一个月的民房里。二十哥看他们如此狼狈，心一软，免了他们的搬运费。后来，这位四川客户拿出手段，打了翻身仗，又赚了不少钱，终于买了大房子。他对二十哥当年免费帮忙搬家的事情，铭记在心。为了表示感谢，他就选了个黄道吉日，带着一家老小，又坐上二十哥的破旧面包车，欢天喜地搬进了新家。

我问二十哥："你为什么不在南宁买套房，你看现在南宁的房价都涨到了1万多元一平方米，十年前才三四千元一平方米。"

二十哥说："我也想买房，但是我攒下的钱只够在村里建房，想想还是算了，住在村里也挺好。在外工作生活了那么多年，我觉得还是家乡好，有种说不出来的亲切感。"

城市的房子对于二十哥来说，过于缥缈，家乡的土地或许让他觉得更真实自在。

远村淡影

| 厨房炊烟

邕城往东南方向一百公里，有一座小县城——灵山县，那是生我养我的故土，也是滋养我灵魂的地方。

说到故土，首先要说开门七件事："柴米油盐酱醋茶"。农村人一日三餐，离不开厨房。有厨房便会有炊烟，有炊烟才会有家的味道、家的感觉、家的归属。

20世纪80年代，父亲和兄弟分家后，便建起了自己的房子，在主屋的侧面，还搭了一间作为厨房。是厨房，就得有灶。这难不倒父亲。他把瓦窑剩下的青砖拉了回来，砌了1米多高的灶台，每口锅都对应一个灶门。

农村的灶，烧的是柴火。家后面的狮子岭郁郁葱葱，到处都有木柴。农忙之余，母亲就和婶婶们结伴到山上砍柴。她们会把一些杂树砍倒，待它们被太阳晒干或风干后，就捆在一起，连同掉下的松树枝杈，一起挑回家。母亲力气大，一次能挑近百斤的干柴，如此来回十余次，一年的柴火便足够了。

家的那一缕炊烟，是肌肤上的一块胎记，是飘在天空中的一首歌，是流动在村头村尾的一首诗。从高高的狮子岭山上俯瞰，最美的风景是家中的炊烟。它袅袅升起，有时候笔直，有时候弯曲，待升到半空中，又慢慢随风飘散。没有袅娜的炊烟，再美丽的村子也不过是无味的风景画，有了瓦房上的炊烟飘带，就有了回味无穷的记忆。关于乡村里炊烟的记忆，总是那么美妙。城市里没有炊烟，我想，这种美妙的记忆是城市人所陌生的，所羡慕的。

炊烟是一家人幸福的标志。村里人起得早，相继亮起的灯光把早晨迎来。透过零散的灯光，几缕炊烟慢慢升起，摇曳生姿。不一会儿，村庄就被炊烟笼罩。没有风的时候，炊烟像一个大大的感叹号，微风徐来时，炊烟就像舞女挥起的长长衣袖。

炊烟是母亲发给儿女的回家信号。远远的，只要看到家中屋顶冒出炊烟，就说明母亲已开始烧火做饭了，在外玩儿得饥肠辘辘的我们就要赶紧回家了。炊烟是丰衣足食的象征；炊烟是孩子们的盛宴。

随着农村生活条件越来越好，我们看到的炊烟也变得越来越少。也许这几缕炊烟，也会在某一天消失。没有了炊烟，一切就都变了。想到这里，我的心里泛起了一阵难以名状的涟漪，有遗憾，有欣慰，有落寞。

母亲是厨房的主人。她掌管着一家人的一日三餐。在缺衣少食的年代，家里的菜没有油水，厨房成了我们光顾最多的地方。为此，母亲没少说我们是“饿死鬼”投胎。可我们也不在乎，我们喜欢母亲做的饭菜。通常，母亲会把饭烧得糊一些，这样在锅底就会形成锅巴。每次锅里的米饭吃得还剩下一些的时候，我们便在锅底烧一把火，然后把米汤倒进去，待米汤沸腾，我们就把米汤和着米饭搅拌均匀，不一会儿，热气腾腾、香气四溢的锅巴粥就做好了。那种香味，沁人心脾，让人陶醉。

每逢春节，便是母亲在厨房大显身手的时候。眼看着春节临近，母亲就开始置办年货。她盘算着把鸡蛋、莲藕、淮山、花生、青菜换成猪肉、芝麻饼、糖果等平日里我们吃不到的东西。有时候，在入冬时节，碰上村里的叔伯兄弟杀年猪，她就会买上几条长长的五花肉来做腊肉，留着到春节时炒一大盘。这让嘴馋的我们欣喜若狂。

过年的时候，母亲还会包粽子。桂东南有春节包粽子的风俗。村里人在春节包的粽子，比平日里包的要大得多，一般重三四斤，有“枕头粽”之称。母亲是干农活的能手，也是包大粽的能手。她包粽子的手艺得到乡邻叔婶的普遍认可，每逢村里有婚嫁之类的重要日子，大家都会请她帮忙包粽子，母亲从不推辞。

腊月二十七，母亲便开始上山摘粽叶。她把粽叶摘回来后，就要煮粽叶、洗粽叶、晾粽叶。腊月二十九早上，母亲开始筛选、翻晒绿豆、糯米、花生、芝麻。吃过午饭，母亲就要浸泡绿豆、糯米，使它们变得柔软，然后炒香花生和芝麻，为除夕包大粽子做准备。晚上，母亲就用食盐、酱油、米酒、冰糖、腐乳腌制五花肉。到了大年三十的早上，母亲淘洗好绿豆，就把糯米和绿豆，用油、盐拌好，一切准备就绪后，就可以包粽子了。

我见过母亲包粽子。她先在桌子上错开铺好几张粽叶，然后在粽叶中间放上糯米、绿豆、肥猪肉，之后再放上一层绿豆、糯米，用手轻轻压一压，接着把粽叶翻上，再包起来，最后用水草捆好，粽子就算包好了。母亲包的大粽子体大丰腴、色泽光亮、味道鲜美，人见人爱。

母亲会在除夕中午前包好粽子，然后放进大锅里炖煮。我喜欢跟着母亲一起在灶房里煮粽子。在柴火的亮光中，大锅的水沸腾着，母亲忙着翻粽子，她把上面的粽子放到锅底，把下面的粽子放到上面，这样才能保证每一个粽子都熟透。整整一个下午，母亲至少翻两到三次粽子，还要添三次水、三次柴火。煮粽子时，母亲总是守候在大锅边上，生怕错过什么。我知道，她是在守候着一年的期盼和欢乐。

煮粽子需要很长的时间。我和母亲守在旁边，等得太阳都下山了，粽子还没熟透。要到晚上10点，粽子才能起锅。年幼的我，经常等不到粽子熟透就睡着了。当粽子起锅后，母亲会把我叫醒。她熟练地解开捆绑粽子的水草，轻轻剥开粽叶，让被粽叶染成浅绿色的粽肉露出来，然后用筷子把粽子一分为二。此时，粽肉的温香全部散发出来，飘满整个屋子。这是一天中最美好的时刻，粽子的温香令人着迷，叫人难以忘怀。

除了粽子，我还喜欢吃母亲做的白切鸡。

在两广，向来有“无鸡不成宴”的说法。自然，关于鸡的菜式也很多，但我始终认为白切鸡是诸菜之首。我的妻子是北方人，她完全不能理解白切鸡味道的精髓。

小时候我常常闹着吃白切鸡，父亲不在家，母亲便学会了杀鸡，也学会了做白切鸡。

母亲不是天生的杀鸡高手。第一次杀鸡，她几乎割断了鸡的脖子。有一次，她放了鸡血，可是鸡却到处扑腾乱跳。后来，她终于掌握了抓鸡、放鸡血、拔鸡毛的技巧。

杀鸡，是做白切鸡的头道工序。母亲把鸡收拾妥当后，就进入了做白切鸡的关键环节。首先她要将鸡放入已经烧开了水的大锅内，盖上锅盖煮上十分钟。十分钟后，她就把鸡提起，倒出鸡肚子里的水，然后再继续放到锅里煮十分钟。看着下锅的时间差不多了，母亲就会用一根筷子扎进鸡腿，看看扎出的洞眼是否还有血水渗出。如果没有血水渗出，就说明鸡已经熟了。这时候，母亲就把鸡从锅里捞出来，放入冷开水中浸泡片刻，使其迅速冷却后，再取出，放到砧板上。

吃白切鸡是需要蘸料的。蘸料的制作不能马虎，否则就破坏了白切鸡的美味。酱油、香葱、姜沫、花生油是制作蘸料必不可少的材料。母亲的做法与众不同：一是酱油，非厨邦生抽不用；二是香

葱和香菜，非自家所种不用；三是姜沫，也要是自家所种；四是汤水，她绝不用煮沸的清水，只用炖鸡时留于锅内的热汤；五是花生油，也一定要用自家花生榨的花生油。另外，母亲还用稍锋利的竹片切香葱、香菜，用杉木板拍碎生姜，使蘸料存有竹子、杉木的清香，决不沾半点菜刀的铁腥味儿。

母亲做的白切鸡，皮脆，肉爽滑，口感极好，再蘸上独特的蘸料，让人回味无穷。这是母亲在家乡厨房做出的人间美味，我虽时常吃到山珍海味，但却独不忘此。

| 水 井

我记忆中的那口水井已经被淹没在东湖中，正如老村子遗留下的最后念想，也被一同淹没了。

水井，是故乡清澈深邃的眼眸。我想，老村子的人应该都不会忘记那口水井。想起故乡，就会想起水井，远离故乡，就是远离水井，不然，怎么会叫“背井离乡”呢？

父亲告诉我，20世纪60年代初，东湖水库筑成后，村里人就开始选址挖井，村中的长者把水井的位置选在东湖旁边较为平整的土地上，不出所料，往下挖三米，就找到了泉眼。搭建好的水井，井口呈正方形，有2平方米左右，上面附着许多青苔。水井周边的地面用青砖铺平，青砖被人们踩踏得又光又亮。井台则呈梯形，梯形坡上用一些残砖护砌着，井台的两侧有十几级台阶。水井不远处，就是东湖。

水井对于乡村生活的重要性，不言而喻。

水井挖好后，全村人都用这口井水。清晨，家家户户的村民都来挑水，大家互相打招呼，闲聊家常，这个场面让人感到亲切而温馨。在台阶下，女人开始洗衣，搓衣声连连响起。日暮西沉，辛勤劳动了一天的人们回到家里，又陆陆续续去挑水。在水井旁

边，男人们交流着地里庄稼的长势；女人们闲谈着一些家长里短，不时发出一阵阵轻松愉快的欢笑声。

打井水要有点小技巧。开始时，我在井口将系着绳子的水桶倒过来扔下井，“扑通”一声，空空的水桶就漂浮在水面上，怎么也打不到水。后来有人告诉我，要拎住水桶的绳子，用力左右晃抖，水桶才会翻身，扎进水里。于是，我拎着水桶要晃抖几次，打上来的井水才是满满的。

没有冰箱的日子，水井也在我们的日常生活中扮演着重要的角色。大热天里，父亲买回的西瓜也是热烘烘的，他就叫我把西瓜放进网线袋里，用细绳绑好，小心翼翼地吊进井水内浸泡。过了半小时，我再把网线袋轻轻地拎上来，整个西瓜就冰凉冰凉的，吃进嘴时那种凉爽之感沁人肺腑。

水井里有时也是一个生动的世界。井底之蛙，那是经常见的。井蛙往往不止一只，常常是数只，我想它们可能是一个家庭，一个族群。它们长年生活于井底，看上去却十分神气，似乎无忧无虑，一点儿也不觉得井内空间的狭小。井里也会有鱼，一般是有人在井边洗菜时，不小心让鱼跳下去的，它们往往是形单影只。鱼在井中，不如蛙类能适应。它们或因营养不足，或因水温偏低，总是不见长大。几年过去，池塘中的鱼已经养肥了，井里的鱼却仍然小得如一片柳叶。

水井还是考验一个男人是否有力量、有本事的地方。村子里有一个漂亮的女子，就是看见村里的一名壮汉打水时的姿势好，胳膊腿有劲，才看上他并最终嫁给他的。要考验一个男人的力量和本事，就得看他打水时候的样子。首先，他要会灌水，也就是将桶吊到井里，在只有井绳钩住水桶的情况下，看他是否会利用左右摇摆的惯性将水桶猛地扎到水下，再往下一送，让桶扎下去又迅速提出来灌满；其次，便是要用双手握着井绳往外拉，力量大的，拉一次就能有一米多长，井绳在身后飞舞着，只用几下，就能很潇洒地把满满一桶水提到井台上了，这也是男子有力量的象征。如果一名男子不会在井台上打水，是被人看不起的。如果他打水的本事出众，种地也必然是一把好手。

丨 东 湖

东湖，位于灵山县城东部，又称灵东水库，是一座人工湖。听父辈说，东湖建于1958年，大坝长1824米，东湖正常蓄水位是97.90米，水面面积为667万平方米。

东湖的湖水拥着山，山依偎着水。夕阳下，湖水呈现出“半江瑟瑟半江红”的景象，岸上炊烟袅袅，与湖水相映成趣，别有一番景致。

东湖的上游，是一条清水江，发源于全县最高的罗阳山，清水江顺流而下，与发源于灵山的东山河汇合再向西奔流，一直流入我的记忆里。

父亲说过东湖与家是分不开的。

1958年，阿公参与了东湖水库的建设。东湖水库开始蓄水之时，生性好赌的阿公便撒手而去。阿奶拖着6个孩子，从村子里的老房子搬到了东湖水库旁一座山的山腰，我们成了第一代水库的移民。在接下来的几年内，其他村民一家接着一家往水库周围搬，新的村落慢慢形成，星罗棋布地散落在东湖周围。

慢慢地，原本在江里小打小闹捕鱼的村民们，开始在东湖里大展拳脚，大量饲养各种淡水鱼。在稻香鱼肥的季节，东湖是村里最吸引人的地方。我常常和大哥到东湖去看村民捕鱼。捕鱼是个体力活，村民们有两种捕鱼的方法，一种是手抛式撒网捕鱼，另一种是放网驱赶式捕鱼。那年我6岁，看见村民们撒网抛下去，再拉网上来的时候，渔网里尽是活蹦乱跳的鱼儿，这么多的收获让我特别羡慕。我梦想着有一天长大了，自己也能一次就将大大的渔网抛下水，感受这种丰收的喜悦。

我的大哥也会这种手抛式撒网捕鱼的方法，他曾经为我在船上演示了几次抛网的技巧。渔网的边线挂满铅做的坠子，只见大哥把部分渔网像铺开被子一般散放在肩上，然后拿着坠子，随手一撒，一张大网便在空中飞舞又坠落，“唰”的一声清脆入水，坠子迅速沉入水底，然后坠子在水底渐渐合拢，把鱼“包”住。当大哥慢慢将网拉起，网兜里满是银色鱼鳞在阳光中闪耀，扬起的水珠仿佛也在阳光下跳动着，跳出兴奋与喜悦。

我曾经尝试过一次撒网，可渔网撒出去了，人也跟着“飞”了出去，还被渔网网住了，于是我第一次撒网便捕到了一条“大鱼”——我自己。大哥看到，急忙一跃入水，把我和渔网都拉了起来。当然我也免不了被大哥嘲笑了一顿。

东湖不仅是村民们养鱼、捕鱼的胜地，更是村民们游泳的天堂。

东湖清澈见底，水面极宽，水流平静不湍急，因此附近各村的人们都喜欢到东湖游泳。但是这里也偶尔会有意外发生，邻村就曾经有个会游泳的小孩在东湖溺死。因此，母亲怕我经常到东湖游泳会出事，就用水鬼故事吓唬我。刚开始我很害怕，但看到许多同龄

人在水里嬉戏玩耍都相安无事，于是我对东湖的向往渐渐地战胜了恐惧，后来，我慢慢知道了水鬼的故事不过是大人们骗小孩的把戏罢了。

战胜了对水鬼的恐惧心理过后，每到傍晚时分，我就背着母亲，悄悄地拿块香皂往东湖里钻。每个夏日的傍晚，也是东湖最热闹的时候。二十多个“小鬼”在水里，钻来跳去，搅得岸边的水特别浑浊。不过我们小孩才不在乎，有在岸边用水草洗头的，有抹香皂的，还有抹泥巴的。只有大人们才会躲开我们，一本正经地抹好香皂，然后往干净的深水区域游去。常常在我玩得最开心的时候，母亲就会拿着鞭子从家里赶来，在岸上大声叫嚷，催我上岸。这让我免不了遭受同伴的嘲笑，倔强的我就和母亲对峙着，久久不肯上岸。

看到这么多孩子在东湖游泳，家长们都很担心发生意外，可又拿这些孩子没辙，便求助于学校老师出面教育。老师就用邻村孩子的意外事故来做反面教材，并在靠近学校的湖边立了块写有“禁止游水”的警示牌。牌是立了，但收效甚微，孩子们换了地方，依旧享受着东湖水带来的乐趣。值得庆幸的是，同村“80后”的小伙伴们都没有发生溺水事件，或许，这是因为在湖边长大的孩子与水特别亲的缘故吧。

东湖，一个温暖心房的名字，那里有“唰唰”入水的渔网，有可怕的水鬼故事，有老师苦口婆心的教导，还有那块默默立在湖边的警示牌……

记忆里的东湖，心之所想，梦之所向。

溪 流

村头的一条小溪绕村而过，仿佛一条明亮的丝带，点缀在东湖的周围。

溪流顺着山势流淌，弯弯曲曲，遇到滩涂后一分为二，变成了两条小溪，之后又顺流而下，最终与东湖融成一体。这两条溪流，成了村民捉鱼的天堂。

盛夏的午后，知了的鸣叫声此起彼伏，仿佛在烘托村民捉鱼的氛围。不用知了催促，我们早已迫不及待要去捉鱼了，大家你拿着畚箕，我拿起桶，他拿上虾网，一路小跑朝村头溪流奔去。

在小溪里游来游去的，都是小鱼，特别灵活。大家捉鱼的时候，一开始都没有经验，各自为战。只见一个人拿着小竹竿，不停地在水草之间翻搅，当水里的小鱼游过来，就一竿子打下去，但却总是一无所获。

大家觉得这种捉鱼的方式收获不大，于是开始酝酿“围堵”计划。

首先，大家要把捉鱼的工具更新升级，先将竹竿换成铁鞭，铁鞭由粗铁丝捆绑而成，用这种鞭子往水里一抽，能溅起两米高的水花，这样捉起鱼来，效果可是“杠杠的”。其次要在河水中展开

“围堵”，这可是捉河鱼的重头戏，我们在小溪分叉的一头修建沙坝，筑牢，使溪流改道而走，然后在下游又筑起另一个沙坝，留下一个缺口。最后我们把虾网放在缺口处，这回水里的鱼就“插翅难逃”了。随着“围堵”后溪水的减少，水里的鱼渐渐暴露出来，它们无处藏身，三五成群地出现在眼前。这个时候，铁鞭就派上用场了，只见手起鞭落，受惊的鱼儿都纷纷往下游逃窜，最终“自投罗网”，游进了我们提前准备的网兜里。我们用这个方法来捉鱼，虽然花的时间多，但是收获的喜悦也是巨大的！

后来，东湖不断蓄水，很快把小溪淹没了。如今在村里，小溪已不复存在。每次我从城市的水泥森林回到村里，站在湖边的时候，都会想起自己曾经站在小溪里手起鞭落的画面，那种水花四溅打在脸上的感觉，是一种别样滋味……